FABULAE TERROREM

CUENTOS CORTOS DE TERROR

FABULAE TERROREM

CUENTOS CORTOS DE TERROR

ALEJANDRO QUERALES

A mi abuela Gagy, quien desde que era un niño me hizo transitar en este género.

LA MARCA HUMANA

Un día típico como cualquiera, Mario tarareaba con mucha pasión, el intro de una melodía que gratificaba desde antes de ser engendrado […] a su corazón.

—Ya, Mario, cierra la boca — dijo Marco.

—Marco, ¿Ya perdiste tu gusto por la buena música? —dijo Mario.

— ¡Claro que no! Es que hoy no tengo humor para escucharla y menos mientras la tarareas — respondió Marco.

— Pues haberlo dicho antes, déjame cantarla, *"L'amour est un oiseau rebelle, que nul ne peut apprivoiser, et c'e…"**

— ¡Maaaaariiioooo! — musitó Marco sarcásticamente.

— ¿Si sabes cuál es esa canción? — preguntó Mario.

— Claro que la conozco — respondió.

— ¡Habanera! es un aria de la ópera Carmen del famoso compositor francés Georges Bizet, tiene una delicadeza mezclada con

---

* "El amor es un pájaro rebelde que nadie puede domesticar, y es…" (Extracto de la ópera Carmen)

carácter y ciertos compases donde se resaltan unos juegos armónicos típicos de la escala cromática en descenso, toda una bohemia — dijo Mario.

—Georges Bizet — murmuró Marco — de él conozco algo que es en común contigo Mario.

— ¿A qué te refieres? — preguntó Mario.

— En que no usaba su verdadero nombre, se llamaba: Alexandre César Léopold Bizet, Georges le fue otorgado el día de su bautizo y al parecer el compositor sentía una mayor caracterización por el remoquete, al igual que tu — respondió Marco.

— Ya, comprendí a dónde quieres llegar — dijo quejumbrosamente Mario — ¿Insistirás de nuevo que te cuente el por qué me apodé así?

— ¡Sí, Mario! Llevamos cinco años tras estos fríos compañeros que proyectan sus sombras verticales y horizontales envolviendo nuestros cuerpos, ablandándonos el rostro, cuéntame por favor cómo fue que te convertiste en la verdadera Marca humana.

— Entonces, presta mucha atención, pues esto llegará a ser una Ópera — dijo Mario.

Fui formado cuando el ambiente estaba siendo impregnado de esa magistral aria que estuve tarareando y cantando, pero tu impaciencia y poca amabilidad no te permitieron disfrutar el secreto que de mí en ella ha de estar. Conforme mis etapas embrionarias fueron transcurriendo, mi cerebro se nutría de melodía y bosquejos que esas piezas desarrollaron para mi comprensión.

Ya a los dos años, podía identificar cada sonido con suma gracia y virtuosismo, dándome poco a poco un carácter que con el seudónimo me abrazaba a mí mismo. No de mucho valió el haber escuchado todas esas composiciones ya que mi destreza se desvió hacia otras pasiones, delinear […] con mi mano izquierda realizaba éste acto y con la derecha sellaba el rastro. Todos en la familia conocían mi habilidad, tanto para dibujar como para la música, es una lástima que no conociesen toda la gama de mis atributos. Recuerdo aun los primeros retratos que realicé, con sumo cuidado tomaba los lápices que mi padre me compró, orgulloso de que su hijo demostrase a tan corta edad esa pericia. No te impacientes Marco ya casi llego al momento donde me personifiqué.

A los siete. ¡Sí! A los siete. Estaba realizando un bosquejo hermoso y disculpa mi escasa modestia, pero no olvido ningún momento en el que estuviese ejecutando, tuve la rara sensación de que algo me acosaba, más a mí alrededor nada se encontraba. Sentí entonces un piquete, había sido un mosquito que se alimentaba verazmente de mi alma líquida. Procedí a quedarme inmóvil esperando el momento apropiado para darle un buen manotazo, se elevó con lenta agilidad, con que delicadeza batía sus alas y justo cuando estaba un palmo frente a mi cara extendí los brazos y con ambas manos por fin su acto concluyó tras la palmada.

Al revisarme las manos estaban un poquito pringadas de la sangre del insecto despachurrado con rastros de la mía, la mayor parte en mi mano derecha, así que tomé mi dibujo e instintivamente lo usé como servilleta. Quedó un manchón insólito, le dió un toque perfecto al bosquejo, ya que no le otorgaba mi autoría a las obras como había de ser, decidí que esa sería mi firma, porque en lo más profundo de mi psique, el haber inmolado al insecto me hizo hervir el flujo de mis vasos; excitarme, transmutándome en un misántropo. ¡Qué infancia! mi tacha, la cual un nombre característico formó, La Marca Humana.

Transcurrieron unos años, en lo que mi gracia hizo un *crescendo* impresionante. Para representar mi toque fui utilizando ratones que cazaba usando pequeñas y simples trampas que inventé, los descuartizaba y usaba su sangre para untármela en mi mano derecha, hasta que mi padre me vituperó por mi inmunda técnica, me dio un frasco con pintura roja y así usurpé al toque. Sólo familiares y amigos se convirtieron en mis primeros clientes, esa es la realidad de todo artista, su fuente. Debo decir que ellos corrieron quizás con mejor suerte. Los amigos de mis amigos llegaban a cada rato pidiéndome elaborar un retrato o algún paisaje para ellos o alguien especial a quien gratificar, lo único que originaba la inconformidad de ellos, era el hecho de que no llevase firma, la necesidad de excitar su lenguaje visual me hacía sentir un tanto deprimido. Pero quería ser más que un simple artista de casa, mi visión era muy amplia para quedarme esperando a que llegaran los semejantes, mi razón dictamino que afuera encontraría las personas indicadas que descifraran el refrendo.

Me aposté en la plaza frente a mi apartamento. ¡Si búrlate! ¡Hazlo! no fui tan lejos. Sentado veía pasar a los indicados, me acercaba a ellos o esperaba que ellos lo hicieran, de alguna forma la causalidad daba riendas al asunto. El primer efímero fue una mujer, muy joven según mi reminiscencia, no mayor a la decimosexta parte de su cronología, hermosa de ojos castaños, tenían un brillo esplendido, una verdadera claraboya para observar al alma. La invité a mi apartamento, fuera no me sentía lo suficientemente cómodo para ejecutar, solícitamente tomé mi lápiz favorito y detallé con elegancia cada parte de su encanto, a ella le pareció extraña la postura en la que estaba posando, aunque yo sólo experimentaba una nueva ilusión con la que había logrado soñar la noche anterior.

El retrato, regio como ningún otro que mi mano izquierda lograse, tomé un poco de pintura roja, restregándola en mi mano derecha para colocar mi antigua marca. Se lo mostré a la muchacha la cual sorprendida, llena de sentimiento, brotándole unas cuantas lágrimas de sus castañas cuencas, su niña, lo suficientemente dilatada me hechizó, motivándome para hacer otro retrato.

Ella aceptó con mucho gusto, mi propuesta, pero algo le molestó, la supuesta falta de firma. Casi me corto los dedos con mis dientes, me temblaba todo el cuerpo, estaba lleno de ira, otro ser más que no valoraba el detalle más representativo de mí obra. Respiré hondo, relajándome, caminando hacia el escritorio donde estaban todas mis herramientas, una singularmente fina de brillante hoja plateada, al tomarla noté en mi reflejo el menester de realizar de nuevo el retrato. Me acerqué hacia ella tarareando la misma canción […] La Habanera. Mientras entonaba las notas, mi mano izquierda brindó un arte no conocido hasta entonces en ese tipo de ánima, cada encajada me elevaba, los gritos que esbozaba su garganta fueron una fantasía melodiosa que no me permitía parar, el método cesó al ver la escena llena del brillante y deleitable caldo rojo cubriéndonos. La acomodé en la misma posición como deseaba y reedifiqué la obra, pero la signatura la coloqué antes de tomar el lápiz. Aquel retrato dio inicio al más insigne momento de mi existencia, cientos de museos y coleccionistas ofrecían múltiples ofertas por nada más conseguir la afirmación de mi parte para ser dueños del vivo y voraz dibujo.

La fama llegó a mí tan deprisa que, pocos han llegado a mantenerse por tanto tiempo sin la necesidad de procurar hacer mucho esfuerzo. El público aguardaba cada instante los nuevos hijos de mis musas manos. Pero la misma incógnita surgía, "¿Dónde se hallaba la firma?". Así que deambulé por una variedad de parques, como siempre acercándome o acercándose otro efímero. Hombres, mujeres, jóvenes o ancianos, sin importar la edad lograron convertirse en arquetipos de mi vanidad, cada retrato por más que individuales tenían algo colectivo […] vida. Todo iba bien hasta que, los periódicos empezaron a publicar sobre ciertas ausencias, me consideraban incógnitamente como un asesino, quizás tuviesen razón, sin embargo, el arte es arte no importa cuál sea su comprensión. ¡Oh Marco! Aun no te he contado la parte más desproporcionada de mi historia, otro de mis vicios, la dulzura que el cocodrilo rechaza, ¿Cómo puede regurgitar la deliciosa urdimbre de la pulpa mortal, siendo tan dulce a mi paladar?

No tardó mucho para cuando las imprentas forzaran a la policía a comenzar las investigaciones, un único detalle del que no pude escapar, los matarifes habían sido interrogados y la mejor pista fue la que yo no compraba en sus comercios, ni en los mercados comunes. Después que, saboreas la materia polvorienta jamás querrás desmenuzar y manducar otra cosa al menos que haga falta. No quiero extenderme más en este asunto Marco, ya debes pensar que soy lo suficiente endriago. Aparte del dato de los profesionales en carne, mi mayor error fue cuando seducía a mi último arte.

La mujer logró evadir mi mano y salió corriendo del departamento directo con la policía, no hice algo para evitar ese resultado, me paralizó el segundo de no haber podido emprender la afición, hubiese sido lo antecopretérito de mi vida, ella era lo exuberantemente sobria, superior a la primera. Mis pecados, superaron lo antes pensado, peores que el cometido en el empíreo, por comer un fruto nógstico permitiendo nuestro trance actual.

La sentencia fue *Cadena Perpetua* para Mario, alias: La Marca Humana. Me juzgaron por ello; y yo me pregunto — ¿Por qué no juzgan y condenan al resto de la humanidad? ¿Acaso ellos si pueden estar absueltos mientras dejan en La Tierra su firma […] su Marca Humana de misantropía y destrucción? — Mario preguntó así mismo con mansedumbre.

Un silencio sepulcral y la estremecedora reacción que reflejaban las facciones de Marco, fueron su respuesta ante lo tremebundo de la gran y tan esperada confesión.

FIN

VAN TRES DÍAS EN LO MISMO

Van tres días en lo mismo, antes de quedarme dormido escucho ese silbido, en vez de relajarme me lleva hacia dominios del pánico, paralizando todo mi cuerpo. Que sensación tan inusual, puedo escuchar hasta el grillo más distante logrando memorizar cada frote y pausa de su milagrosa serenata, no es mi imaginación.

— Debo estar sufriendo de catalepsia, eso es — me dije — ¿Por qué en esos momentos mi corazón hace lo contrario? Este nuevo proceso lo acelera casi al límite donde siento un dolor agudo en mi pecho y trato de moverme, una fuerza me lo impide, unas veces lo logro, pero... algo me arrastra hacia atrás.

Quizás hoy si pueda conciliar el sueño, necesito descansar, van tres días en lo mismo, completos sin poder dormir, todo por esa pesadilla. Me encontraba flotando justo encima de mi cuerpo, realice maniobras como si estuviese nadando en el aire, lo intentaba con todas mis fuerzas pensando que el momento de descender al Sheol había llegado. De pronto, simplemente fui absorbido por mi cuerpo tendido y desperté. Perturbado, ¡Sí! Eso podría explicar lo primero que sentí al despertarme, cuantas maravillas están ocultas en la creación que aun cuestan admitirlas solo por el orgullo de pensar que somos totalmente independientes de nuestra existencia. Pero esta noche será diferente, lo siento en mi oído derecho, ya que como a algunos, me sirve tanto para escuchar como presentir. Ese silbido, cuando se está despierto, me indica que algo o alguien se encuentren en mi entorno — Sexto sentido — murmuré — Estamos hechos, dotados de múltiples sentidos — será mejor relajarme, de seguir así pensando, las horas correrán colapsando mi mente, ¡Ya está!

¿Qué es eso?... ¡No!... es él, otra vez... ¡El Silbido! Podre evitarlo, controlarlo, pero ¡Oh, no! me paralizo... mis pies, siento el cosquilleo recorriéndome. Ahora llega a mi pecho — *Corazón, quédate tranquilo en este momento, donde me dispongo a ser valiente para enfrentar a mi demonio* — Es inevitable, me destrozará el pecho. El cosquilleo llegará pronto a mi cabeza, completando el proceso, ¡El lugar oscuro! Llegaré allí en cualquier momento… ¿Qué paso? Me muevo ¡lo logre! Y es así como el arma más poderosa, la maquinaria extraordinaria es imponente ante el cuerpo. Pero la mente es incógnita en este plano, siempre lo será ya que pocos conocen su ocupación en lo etéreo.

— ¿Dónde me encuentro? — no puede ver luz alguna, una vibración me hizo levantar los parpados y voltear hacia la derecha…vi a otras personas. Estábamos viajando, entre ellos se encontraba una pareja peculiar, eran los únicos tomados de la mano, ella lo guiaba a él. Recuerdo la mirada del joven, intentó ayudarme, estoy seguro pero no se movió mientras me arrastraban con brío. No pude olvidar su mirada. Me abandonaron en un cuarto oscuro, ni mi cuerpo podía observar, aunque si sentirlo, seguramente había regresado, pero abrí mis ojos, más en mi habitación no me encontraba sino en el Cuarto Oscuro. Hay cosas tan libres de observar y disfrutar, otras que no soportaríamos, aceptarlas nos permitiría avanzar, evolucionar como es debido…mentalmente.

— ¡Ayúdame! — escuché a lo lejos, era la voz de un hombre, áspera, asustada, un anciano ¿Estaría siendo torturado? Posiblemente sería un lugar de martirio. La bondad del Creador es inmensa, sin embargo, nuestros actos deben ser apoquinados de alguna manera u otra.

— ¿Qué le pasa? — Pregunté.

— **¡Ayúdame!** — Volví a escuchar con más dolor, estaba cerca — **¡Ayúdame!**

— ¡Ya estoy cerca! — Grité.

— **¡Ayúdame, te lo ruego!** — escuché con mayor potencia.

— ¡Tranquilo señor! — Dije mientras caminaba con sumo cuidado en esa oscura estancia, la voz persistía — ¡Ayúdame! ¡Ayúdame! — cuanto daría por no haber acudido al llamado. Una luz se acercaba, de ella salían las palabras de auxilio.

— ¡Ayúdame! Seguía repitiendo el moribundo. Al alcanzarlo solo veía la luz, el anciano estaba de espaldas, se movía de forma torpe y brusca dando pocos pasos, esa pobre criatura no sabía a dónde ir. Lo tomé del hombro preguntándole:

— ¿Qué tiene?...

Cuando volteó, un temor muy intenso cayó sobre mí, di un grito espantoso al verlo, tanto que se ha convertido en mi nueva idea. Su cuello estaba ensangrentado corriéndole un líquido de color inexplicable, lo más importante no era la emanación, sino que el anciano no tenía cabeza. Su cuello repugnante, mostraba los trozos detrimenticos, el hombre se movía ¿Cómo podía hacerlo? Parecía una cucaracha. Se acercaba hacia mi levantando sus brazos, lo empujé y mientras me alejaba del espanto tropecé con algo o alguien, creí derrumbarlo. Efectivamente, no era algo sino alguien, una mujer estaba tendida por mi culpa, al ayudarla a reincorporarse me atormento no la voz áspera, igual de angustiosa que la del anciano sino la palabra en *repetición* ¡**Ayúdame**! No sé si palidecí, no lo creo ya que en ese estado las expresiones son casi escasas. La mujer también se encontraba degollada, con esa misma sustancia espesa brotándole, cubriéndola y manchando su cuerpo. Se abalanzó sobre mí al igual que el anciano lo que prosiguió a un forcejeo entre ambos.

— ¡**Ayúdame**! — escuché otra voz, sumándose a la de la mujer.

— ¡**Ayúdame**! ¡**Ayúdame**! ¡**Ayúdame**!

No olvido esos ecos, estaba rodeado de cientos de ellos, los degollados… los Corruptivos. Tomándome por todas partes, tocándome con sus manos manchadas, llenas de desesperación, angustia, ruego y arrepentimiento. La calma llegó, me hallaba en mi cama completamente empapado en sudor con un dolor agudo en mi pecho.

— ¡Cálmate! fue una pesadilla — me dije. Ojalá las pesadillas no pertenecieran al subconsciente, aunque sería contranatural ya que la sumatoria de la consciencia da como resultado el poder CREAR, son la fuente de toda creación. Dios domina ambos extremos, su ilimitada perfección, en él no hay facultades, Él es la Facultad. ¡Otra noche sin dormir! Van tres días en lo mismo, que desperdicio de mi existencia, un soplo de vida convirtiéndose en suspiro a punto de fenecer. Mi corazón no soportaría otro suplicio de la cama, así que deje reposar mi cuerpo en un sillón que estaba junto a ella, al menos hasta que los rayos del Sol desvanecieran el terror.

Pase un buen rato sentado, aún debe estar sentado con la mirada fija **¡Si, fija!** Observando el vacío que llene imaginando la gloriosa paz que podrían alcanzar aquellos escogidos, los fieles comprados a vivir en la eterna armonía venidera. La sonrisa mejoraba mi triste realidad hasta quedarme amodorrado **¡Si, por fin, nuevamente!**

El sillón confortable lo sabía, aún debe saberlo, sentir como mi cuerpo se enfriaba, cayendo en la profundidad de la muerte en vida.

¡Oh Dios mío! El silbido, ese horrendo canto, quizás una flauta utilizada por un Mensajero caído cuya tarea ejecutaba exquisitamente… que espina. Paralizado, recuerdo estar palideciendo, rodeado de degollados acercándose, levantando sus manos.

— *¡Corazón, aguanta por favor este deslumbramiento, que es solo un defecto que aqueja a mi entendimiento!* — me dije.

¡Ayúdame! No veo luz… oscuridad perpetua me rodea, que fría morada, esperando el toque de trompeta del Prominente.

¡Ayúdame, te lo ruego! Soy el único aquí, que la cabeza mantengo.

FIN

LUNA DE INVIERNO

En una noche inusual mientras caminaba por inclinaciones inusuales a sus pies, un hombre se encontraba observando la toga roja que la luna estaba usando. Si se necesita un nombre para él, pues basta conformarse con su pseudónimo: *Skyfindier*. No hubo razón aparente para encontrarse entre el manto blanco que cubría a las rocas, a decir verdad, recordaba despertar de un sueño donde una amante de jugosos labios escarlata le susurraba al oído su suerte ante un alto, frío y petrificado pino de invierno.

Al notar lo entumecidas que estaban sus piernas, se levantó con brusquedad apoyándose absolutamente con sus manos limpias a la alfombra que presentaba el nocturno rocoso. La montaña imponente, con sus altiplanicies formaba un bien definido rostro, si se contaba con el arte de imaginar comparar los objetos con las realidades de nuestro físico. Sin motivo aparente, *Skyfindier* vestía un abrigo bien adecuado para la ocasión exceptuando y valga la pena recordar que sus manos y pies estaban desnudos. Mientras seguía avanzando, no pasó mucho tiempo cuando empezó a tiritar, vio sus manos, estas ya azules, llegaron al límite que podían soportar, su rostro palidecía con cada movimiento. Su pecho enfurecido, podía sentir como se le debilitaba el corazón, pobre alma que no tenía ni motivo ni razón. Alzo la mano derecha y juntando los dos dedos principales, tocó sus labios, morados y de fácil quebranto con solo rozarlos, fingió que los dedos hacían el hecho de aquellos jugosos labios escarlata que le susurraron su suerte ante un alto, frío y petrificado pino de invierno.

El poco aire que exhalaba, apenas y le proporcionó un escaso consuelo. ¿Cuál sería la fuerza, mejor dicho, el motivo que le hizo estar en aquella montaña solitaria, esclava del manto blanco? Sinceramente, no lo sé. *Skyfindier* divisó no a pocos veinte metros una gran pero dividida familia de árboles. Altos, frondosos, vastos y gruesos, hizo lo que pudo para acercase a descansar, aunque no lo parecía, le quedaban fuerzas o, mejor dicho, un motivo para estar en aquella montaña ya no solitaria. Justo cuando se hallaba cerca de un pino, cayó en una pequeña broma de la montaña, una zanja que le obligó a rendirle un acto de honor al pino. Se arrastró sobre el manto blanco y sintió alivio cuando su mano izquierda tocó una de las raíces de a lo que puedo decir era el líder de toda la arbolada. *Skyfindier* se sentó apoyando la espalda entre los pies de ese majestuoso ser, lleno de una sabiduría que a falta de nuestra percepción no hemos podido captar. Tiritando aún más, levantó su rostro al cielo y he ahí, el motivo que le hizo estar en aquella montaña ya no solitaria.

Era la luna, hermosa y roja cual rubí parecía no haber sido creado por casualidad. Alagaba el alma de *Skyfindier*, le recordaba el porqué de encontrarse en aquel lugar donde sufría su cuerpo, más con la mente serena. Se deleitaba en la belleza que el color escarlata que la luna le ofrecía, según él escuchaba la melodiosa voz que de ella provenía, este canto se refería, a como por unos jugosos labios su alma despertaría, llevándolo en un nocturnal paseo en una montaña que era prisionera de un manto blanco, de cómo su encanto lo guiaría para así su suerte alcanzar, un alto, frío y petrificado pino de invierno. Sin nada más que tiritar, *Skyfindier*, bajó el rostro, volteó a la izquierda y ahí estaba.

Estuvo equivocado sobre el líder de la familia arbolada, ya que cerca de él, un octogenario aún más sabio, alto, frío y petrificado moraba. Se acercó al anciano pino, sin perder de vista a la jugosa escarlata celestial, se sentó para seguir escuchando su canto angelical. Pasaron ciertas horas hasta que el amante de aquella alhaja escarlata, derrotaba con su luz en una gran eterna batalla, donde la esférica figura de ella gobernaba. Al alcanzar el radiante su objetivo, se volvió el amo de la ya no solitaria montaña y cercano al alto, frío y petrificado pino, *Skyfindier* encontró su suerte, siendo prisionero del manto blanco que cubrió su cuerpo en la montaña solitaria. Así quedo frio y petrificado, por escuchar el canto que la Luna de invierno entonaba.

FIN

LA SONRISA

Un puente desconocido, una arbolada nunca antes vista, una casa que no encajaba con lo pensado. De madera muy antigua, mohosa, con un aroma a humedad. Tuve ese intento especulativo de justificar el motivo real de estar en aquel sitio tan inusitado.

Estaba acompañando a mi madre a una consulta por lo que supuse era la casa, en realidad la fachada de un centro clínico aparentemente nuevo, con nuevo hago mención a todo el sitio, ya que jamás sucedió el hecho que mi ser se encontrara en una zona tan característica. En el camino, inolvidable fue que la costumbre de tertulias entre madre e hijo no haya nacido, ni recuerdo el tiempo de no haber escuchado la voz de ella, únicamente me levantó de la cama y supuse para emprender una simple salida sin razón aparente. Aludir al nombre del sitio de llegada se convierte en una especie de página en blanco.

Un suceso que merece y por suerte puede ser rememorable fue cuando atravesábamos el puente. El carro se sentía ligero a velocidad continua, el viento, fresco y cálido provocaba ser inspirado, al sentir su frescura disfrutaba de un verdadero momento NATURAL. El puente, construido sobre un gran lago de color azul, motivaba a cualquier persona a expandir su imaginación debido a ese suceso extraordinario. Sobresalían tres cúpulas, estas emergieron, el agua aún se deslizaba en sus superficies, aunque me encontraba a larga distancia deduje que estaban hechas de vidrio, irradiaban una luz blanca, en la parte superior de las cúpulas estaban escritas con una letra cada una, H G M, estas eran las letras. ¿Significado? Ninguno aparente, hasta el instante en que la luz contraía mi pupila, mi mente, así como mi mueca fue la sonrisa. Llegando al centro clínico, mi madre no pronunció ni una palabra hasta que los libros del estante llamaron mi atención. La puerta principal, similar a la madera de la casa (centro clínico), excepto más oscura y la única diferencia [...] pulcra. Los alrededores tenían un paisaje natural de árboles secos con hojas caídas, grises y un suelo de arenado deshidratado. Nos internamos, la estancia del centro clínico era peculiar, totalmente cubierto de cerámicas y baldosas blancas con un gran mesón y detrás de este una joven que no detallé mucho ya que concluí debía tener el puesto de recepcionista. ¿Similar la estancia? hasta voltear a mi izquierda vi una zona totalmente dispar con la recepción, me recordaba a un cuarto de estar de cierto estudiante de medicina, desordenado y descuidado ya que el polvo hizo del lugar su cómodo lecho. Divisé un estante de caoba lleno de varios volúmenes, mi atención fue como la de un niño que se maravilla tan solo con ver las estrellas en el firmamento. Libros de anatomía, neuroanatomía, embriología y uno de neurocirugía clínica.

Luego algo hacia verme más niño de lo que podía, fueron ciertas etiquetas que daban divisiones a las páginas de los libros, sin excepción, de colores azules, verdes, amarillas, purpuras, pero la mayoría de color rojo, me acerqué más al estante casi al punto de tomar uno el cual tenía escrito <<ANALISIS>>, justo en ese momento donde las puntas de los dedos hacen una conexión con los ojos, como de ya sentir la textura del volumen, escuché asombrado y con un alivio

— Espérame donde estas.

¡Por fin! mi madre había hablado, digamos de manera inmadura le respondí con un simple ademan de cabeza, el movimiento fue más que suficiente para darle a entender el perfecto proceso de comunicación que existía entre nosotros. La afirmación acostumbrada en ciertas ocasiones con el transcurso de los años en que fui criado, formando mis principios así no fuesen los mejores, una orden podía ser expresada de muchas maneras, el aspecto más importante de ella es entenderla y posteriormente aceptar o negar. Dirigí la mirada hacia donde anteriormente a ese milagro de la jornada, mis ojos y dedos suspiraban, tomé el libro de neuroanatomía.

Ulteriormente escuché el sonido de una puerta cerrarse, alcé la mirada y mi madre no estaba, nada de sorpresa se encontró en mi ser, ¿consultorio clínico? Seguro mi madre ocupaba su turno. Con libro en mano, calculando su peso, decidí abrirlo y algo que no resistí fue el verlo con un sin fin de etiquetas y subrayados de un solo color, negro. ¿La excepción? Dos palabras subrayadas de color azul LOBULO FRONTAL. Proseguí con la excitante observación, tratando de descifrar el porqué de tantas líneas y etiquetas deduje a todos esos intentos de énfasis fueron hechos por más de una persona, ya que las líneas no eran para nada uniformes. Levanté la cabeza otro instante y recapitulé la escena, solo estábamos la recepcionista y yo. Ella, vestida con chaqueta y falda ambas de color blanco, como que él no resaltar era una de las normas del centro clínico. No debía pasar de los veinticinco años, una piel hermosa, tersa, la sonrisa encantadora de gesto amable, con una cicatriz en la frente. Lo califiqué de extrañeza fueron sus ojos, con las pupilas tan dilatadas, parecían a punto sino es que ya a formar parte de la totalidad de los globos oculares. La recepción estaba tan limpia y ordenada, ¿cómo no estarlo? si en ella solo el mesón, la recepcionista, su silla y un teléfono antiguo color negro, de esos a los que se debe utilizar el dedo índice introduciéndolo en los agujeros para darle vuelta y así poder marcar los números, a pesar de su modelo, estaba intacto, como recién sacado de la caja, el aparato al igual que su encargada no daban señales de vida, ni campanadas, ni cable de conexión conservaba, este solo formaba parte de adorno, él si resaltaba entre toda blancura de la recepción, todo en conjunto, ocupaban aquella sala. Una puerta justo del lado izquierdo de la hermosa pero examiné mujer, de madera seguramente de la misma que habían utilizado para la parte exterior del centro clínico. Estaba antigua, sucia e invadida de comején.

— ¿Cómo no la vi antes? — me pregunté a mí mismo — tan deteriorada, casi desmoronándose. Detrás de mí un sillón que hasta el momento aconteció llamar mi atención, me sirvió de un amplio, aunque poco espacio de privacidad. Pequeño color mostaza, debía estar meses sin ser ocupado, el polvo no perdonó al peculiar pero cómodo solio. Seguía con el libro en manos, solo me distraje en cierto punto que no procesé mis movimientos al llegar a sentarme en el sillón. Mi lectura se volvió más excitante al encontrar otras anotaciones, escritas con una caligrafía perfecta, fina. En esta página una anotación describía sucesos procedentes de ciertas intervenciones quirúrgicas y señalaba la página 127 del libro de neurocirugía clínica, especificando <<DEFORMIDAD FACIAL>>.

De pronto, se abrió la puerta al lado de la recepcionista, salió un hombre alto, vestido con prendas anticuadas, pantalones y chaqueta de grises claros, camisa anaranjada, un par de zapatos marrones y no usaba correa, no llegué a ver su rostro, ya había perdido mucho de mi lectura en detallar a ese anciano, calificado así sin haberle visto su rostro, dando la impresión de que en cierta manera descuadraba algo en aquella zona.

La puerta contigua a la examine de niñas muy dilatadas seguía abierta. La habitación exhibía una considerable oscuridad, mezclada con luz color verdosa de esas que sobresalen gracias a los avances en efectos especiales, el "efecto" y cosa natural según leyes físicas, producía el rebote de los rayos verdosos y se distinguiesen unos frascos de vidrio, de aproximadamente un litro, contenían un líquido que gracias al efecto de la luz verdosa y lo oscura de la habitación se notaba espeso, muy pegajoso, los recipientes permitían y para lo que en realidad tenían función fue y es mantener sumergidos en ellos unos pedazos de carne. Retome la lectura cuando el anciano anticuado se quedó parado, inmóvil junto a mí. De pronto, dos sonidos le dieron vida al ambiente, como si fuesen parte de una orquesta, el anciano anticuado ya no estaba a mi lado, si bien mi mirada no estaba fija ni en el libro ni en él, sino en el consultorio verde (ya había apodado cariñosamente al lugar tras la puerta de madera). Los sonidos fueron ambas puertas cerrándose, tal cual los timbales suenan en los primeros compases del segundo movimiento de la novena sinfonía de Ludwig Van Beethoven, específicamente el Scherzo, me fascina aun esa melodía. El primero fue el de la puerta principal cerrada por el anciano, el segundo provino en la que se fijaban mis ojos. La singularidad, cerrada por una mano veloz, que tan solo dejo notar llevaba puesto un guante quirúrgico.

— ¿Impresionado? — me pregunté.

— No — me respondí.

Tenía la más mínima importancia hacia el doctor, estaba molesto por haber atendido a un anciano que ni vestirse bien podía, ¿Criticar? Quizás la falta de higiene de ese consultorio — Que falta de ética — me murmure. ¿Qué había sumergido en los frascos? esa pregunta estuvo largo tiempo en mi cabeza tratando de buscar la respuesta más lógica, no hallé explicación. La mente desarrollo por fin la información que en realidad el cuerpo necesitaba para siquiera saber el no estar flotando, sino sentado en el sillón, con libro en manos, me dispuse a incorporarme para devolver el volumen de neuroanatomía al espacio donde lo esperaba el estante de caoba, me calificaba de buen observador, no obstante, como todo homo sapiens no era perfecto.

Mi atención fue llamada por unos adornos peculiares del estante, tres frascos de vidrio, estos de la misma medida de un litro, aunque sin líquido, ni pedazos de carne, adornados con una etiqueta cada uno, ellas con machas amarillentas que llevaban escritas la palabra <<FALLIDO>>. Junto a dos de los frascos se encontraba un cráneo, para cada uno, ambos con una trepanación en la frente, el tercer frasco yacía sin casco de acompañante; sin tapa. Mi atención se transmutó en asombro con el detalle de la caligrafía de las etiquetas puestas en los frascos. Etiquetas [...] anotaciones [...] — *¿hermanos?* — me pregunté. Sonido no hubo, únicamente movimientos mudos, un nuevo paciente salió del consultorio verde, otro hombre, distinto en vestimenta al anciano que lo precedió, este, con chaqueta, pantalones y zapatos negros, camisa blanca, corbata roja y correa del mismo color del traje. Vestimenta, su rostro al que detallé con falta de respeto, no me dio la impresión, sino que estaba descuadrado, sus finos labios hacían una mueca, esa, la que nos contagia más que una enfermedad [...] la sonrisa.

Compartía con la recepcionista las pupilas dilatadas y comparándolos debían ser personas de una inteligencia extraordinaria. La puerta del consultorio verde fue cerrada antes de que me diese cuenta de haber sido abierta, el hombre se marchó al igual que el anciano anticuado, cuya camisa anaranjada aun me producía las ganas de mofarme de su persona, ironía ¿Dónde quedaban mis principios de respetar las canas? ¿Principios? esa palabra llevó a otra [...] Comparación, la que existía entre los dos hombres y la verdadera razón de encontrarme en el centro clínico [...] Mi madre.

Nacieron más preguntas sin respuestas, ¿Dónde estaba ella? ¿Por qué actuó en el camino de manera extraña? Esos hombres habían salido del consultorio, no recordaba haberla visto entrar en él, sería el único sitio donde podría encontrarse, ya que evocaba el sonido de una puerta al cerrarse, a no ser la principal, fue obvio inferir en cual. Dudoso, me dirigí a la recepcionista, estaba asustado, más el tono de voz lo mantuve amable y firme al preguntarle:

— ¿Dónde está la mujer con la que entré? Es mi madre.

Se quedó inmóvil, lo tomé como una falta de respeto, me acerqué un poco, posiblemente la mente hizo una de esas jugadas en las que uno cree hacer algo pero no ocurrió así — ¿Acaso no me escuchó? — me pregunté. Di dos pasos hacia el mesón y la puerta del consultorio se abrió de golpe, levanté la mirada y en un segundo se me erizaron los vellos de todo el cuerpo, tanto, que se sentía como agujas en la piel, un escalofrío invadía mi columna, esa sensación recorría todo mi cuerpo con el corazón acelerado y la respiración profunda, paso a ser corta, un aroma salía de esa habitación, putrefacto, nauseabundo. Paralizado, salieron de la oscuridad del consultorio manos con guantes quirúrgicos ensangrentados, se arrojaron sobre mí.

Cabeza pesada, cuerpo paralizado, una presión en manos y cuello, calculando los pocos movimientos de mi cuerpo. Levante los parpados, me hallaba sentado en una estancia oscura de la cual brillaba una luz verdosa que salía de los bordes de aquella habitación, sin duda, mi paralizado cuerpo yacía en el consultorio verde, en aquel estado de catalepsia donde me encontraba, la observación no se volvió un límite, tres mesas largas de metal estaban frente a mí, como a veinte pasos de distancia, encima de ellas una gran variedad de implementos quirúrgicos llenos totalmente de sangre, refractando aquella luz verdosa que le daba un toque de pavor al lugar de trabajo del galeno. A la derecha y cerca de la puerta un estante de hierro que contenía aquellos frascos de vidrio con ese viscoso líquido y los pedazos de carne en su interior. La mínima calma que había logrado se esfumo y transformó en pánico al darme cuenta que además de no solo ser pedazos de carne, sino una muy en específico [...] cerebros. Perdí esmero en los frascos, porque frente a mi estaba sentada una mujer, con cabeza encima de sus rodillas, se incorporó de forma rara como si no controlase su cuerpo, se movía lo más semejante a un animal cuyos huesos habían sido triturados. Traqueaban sus articulaciones forzándola a hacerlo muy lentamente, tanto que, los maniáticos intolerables a esos sonidos habrían preferido atravesarse un puñal en cada oído, con tal y no escuchar.

Ya incorporada hizo un movimiento de cabeza para despejar su rostro, ya que sus cabellos lo tapaban, impidiéndole ver, supuse. ¿Alivio? no usaré esa palabra para describir lo acontecido […] era mi madre. Lágrimas me brotaban al ver al ser que me permitió venir a la vida terrenal, con aquella mueca, la hacía tan similar a los dos hombres, la sonrisa y la cicatriz en la frente. Quiso dar un paso, pero fue detenida por tres seres. Para ese momento eran abominables, ahora los considero los dedos de Dios. Los doctores con guantes quirúrgicos y vestidos con batas viejas iguales que sus guantes llenos de sangre y un líquido refractante a la luz verde. Uno de ellos sostenía un frasco de vidrio lleno de lo que su contenido debía ser esa sustancia viscosa y parte de cerebro. Los tres seres eran muy similares, altos, delgados, con rostros deformes, de narices largas, exageradamente finas y puntiagudas, orejas de múltiples curvaturas, sus ojos con pupilas rayadas, idénticas a reptiles, pero lo más macabro de su fisionomía había sido la larga y deformada, aunque fina y natural sonrisa. Una paradoja comprensible nació con ella.

Procedió uno de ellos sin decir algo a tomar una especie de taladro, lleno de sangre, acercándose lentamente, mi corazón retomó su ritmo de descontrol, me producía un dolor agobiante en el pecho. La única señal de vida que mi ser reflejaba en el exterior fueron mis lágrimas corriendo por mi rostro, mi cuello y muñecas atados, las lágrimas resbalándose dentro de mi pecho, empapando mi camisa. El corrompido doctor clavó el taladro en media frente, mientras notaba a los otros dos mostrando sus filosos dientes, uno se pasaba la lengua por sus labios como saboreando el momento, con ojos excitados. No sentí dolor, me preguntaba el por qué, cuando mi mente cambio.

Una luz blanca y extraordinariamente brillante, crecía, contraía mis pupilas y mente, sentía que flotaba, la lucidez se expandía, me sucedía como a aquellos en la metáfora del Génesis Bíblico, se le abrieron los ojos.

Mentalmente transportado al puente, era luminoso, brillante y solo tenía un sentido de camino, las cúpulas seguían alumbrando, de las curiosas letras solo la M cambiaba fascinantemente a una S, comprensible para mí todo aquello, al igual que la anotaciones del libro de neuroanatomía <<LA INTELIGENCIA ESTA ENFOCADA Y DEPENDIENTE DE LOS PENSAMIENTOS>> las líneas subrayadas de color azul, las palabras LOBULO FRONTAL y la referencia a la página nº 127 del libro de neurocirugía clínica <<DEFORMIDAD FACIAL>>. Pasado el alumbramiento, el ser seguía en la abominable habitación. Yo aun paralizado con cabeza tumbada, comprendía quienes eran los supuestos doctores; seres infectados, más dotados de una extraordinaria inteligencia, descubrieron el siguiente paso de la evolución humana

— *Han contaminado la Tierra con sus obtusas mentes tan finitas, nosotros hemos logrado crear eso que a Dios le falto* — dijo uno de esos maravillosos seres con acento de reptil.

El nuevo ser notó que toda la habitación estaba cubierta de espejos, estos con el objetivo de que la víctima reconociese enseguida su verdadera apariencia, ahora dotada de una inteligencia extraordinaria. Se miró en un espejo y se aceptó tal cual y perfecto era. Otro espacio del estante fue ocupado por un nuevo frasco con sustancia viscosa y con el lóbulo frontal sumergido en él. El frasco llevaba una etiqueta de <<SATISFACTORIO>>, el ser convertido en un genio, ya no poseía pensamientos, su mente estaba infinita, aunque finitamente limitada a hacer grandes cosas sin que sus ideas pertenezcan a él. Los pasos siguientes eran simples, a excepción de la incorporación de igual forma a la de su madre y comprendiéndolo, sus huesos se reacomodaron, provocándole un terrible dolor, no solo ellos sino también sus músculos los cuales se habían atrofiado en el proceso de iluminación mental. Luego procesó, nada más tenía que abrir la puerta, atravesar la recepción, llegar a la puerta de entrada que le serviría de salida para así en el exterior ser conducido a una de las cúpulas donde se mantienen a los nuevos seres que según los maravillosos creadores yacían capacitándose para su nuevo Edén. Las letras de las cúpulas calificaban el avance evolutivo. A punto de salir por la puerta principal, se detuvo. Al igual que el anciano anticuado y el hombre vestido de negro, cuando notó que el sillón estaba ocupado por un joven de mirada fija en el libro de neuroanatomía, abierto en la página de la anotación que hacía referencia a la página nº 127 del libro de neurocirugía clínica. El nuevo ser detenido, recordó la frase <<DEFORMIDAD FACIAL>>, formada en el rostro del nuevo ser, ya que al no poseer pensamientos los músculos permiten la acción de sonreír sin control, se atrofian así, forzándolos a permanecer con esa apariencia.

Una sonrisa puede deberse a la felicidad, hipocresía, un intento de ocultar la tristeza o claramente una deformidad del intelecto, ese que fue otorgado de una inteligencia extraordinaria. El ser nuevo almacenó verse en el espejo y lo primero que notó fue la extraordinaria inteligencia de la sonrisa […] su sonrisa. Abrió la puerta y sin que el siguiente joven que estaba sentado en el sillón lo notara. Se esfumo, dejando en él, el pensamiento aterrador que tuvo, por la sonrisa, mi sonrisa.

FIN

UN VINO MUY TINTO

Las bebidas, así como cualquier otro entretenimiento, pueden causar diferentes efectos, principalmente la relajación. Esta nos da el sentido de libertad al crear un mundo tan propio como nuestros pensamientos. El vino, es conocido como la vid del ánima, remoquete a tal razón ya que supuestamente alegra al corazón, según los versos de un antiguo rey que adoraba al Dios desconocido.

Un buen vino tinto debe presentar las características especiales para catalogarlo como tal. Purpura o rojo, serían escogidos al gusto de cada cuerpo. Su amargo, dulce y a la vez ácido sabor dilatan las niñas de manera instantánea. — El aroma te hace percibir la textura que proviene de estas uvas — Dijo mi padre mientras caminábamos por los viñedos, era la primera vez que me describía su sentir, puro e intenso hacia el trabajo familiar; y comprendí que había sido su verdadera vida. Cada racimo y hoja, el rocío de ese viñedo. Con el tiempo llegué a ser un gran catador, mis sentidos agudos para los momentos de usar la taza. Al comprender la labor que se me heredaría, mi padre me llevó a la bodega donde yacían los barriles más antiguos, justo al fondo, mi padre movió una de las piedras del suelo y sacó una botella de nuestro orgullo. De etiqueta amarilla y escrito a mano el Magnífico estaba intacto. El traía consigo un sacacorchos, probó lo afilado de la punta con su dedo índice y luego… ¡Auch!

Creí haber visto el rojo o tinto más espectacular hasta mis catorce años, pero la sangre de mi padre fue la iluminación. Instintivamente se metió el dedo en la boca. Al sacarlo continuó destapando el corcho de la verde amante. Sin yo notarlo, llevaba consigo dos copas, inclinó la botella destapada y dejó desbordar el manantial de excitación. Tal como mi padre había dicho, cada etapa fue exacta, clara y maravillosa, pero, ¿Cómo sería el del rojo intenso que brotó de su dedo? ¿Mejor? Tenía mucha curiosidad. Así que tomé el sacacorchos y me pinché el dedo índice. Al ver mi sangre no perdí tiempo y la probé, fue sumamente abrumador, tomé un sorbo del Magnifico y luego… La Epifanía. Un secreto nació, si he de tomar vino, que fuese muy tinto. Ya maduro la vida me llevo a la típica continuidad humana. Después de enterrar a mi padre, me ahogué entre ambos lagos; uno oscuro que llevaba en mis manos y otro claro que corría por mi rostro. Sin él, la industria desmejoró, llegando casi a la quiebra. Deprimido fui a un bar y anda más cinco minutos estando sentado se me acercó una hermosa pero simple mujer. La llevé a mi casa y le ofrecí un poco de vino, nuestras intenciones eran lógicas; yo quería cama y ella vino ¡Si, seguro quería vino! Como era de esperarse, me pinché el dedo, lo apreté un tanto y dejé caer una gota dentro de cada copa. Ella solo tomó un trago y al colocar la copa en la mesa junto a mi sillón favorito, camino mientras se desnudaba.

Yo no iba a desperdiciar esa mezcla maestra, tomé todo lo servido, coloqué mi copa junto a la de ella, y realicé sus mismos actos. La mujer estaba acostada en ese sillón, al ver su excelsa figura, regresé a la cocina, necesitaba un sacacorchos. Al regresar, traía conmigo el sacacorchos y se me ocurrió otro acompañante, una botella de vino, los situé frente a las copas para luego adentrarme en la mujer. Los movimientos agotaron nuestra existencia, justo antes de que ella llegara al clímax, tomé el sacacorchos y pinché su dedo índice, No lo notó, agarré su dedo y al saborearlo sentí recuperar mis fuerzas pero no iba a ser suficiente, así que con brío le clave el sacacorchos en el pecho, justo en lado de su corazón, lo giré, giré, giré y giré, sus uñas me desgarraban mi espalda tanto que se varias quedaran encajadas. Silencio, su sangre estaba empapando el sillón, agarré mi copa y recogí un poco de la sangre que cubría su pecho. Con la mano derecha realizaba esto y con la izquierda inclinaba la botella de vino. La mezcla despejó mi mente, creó un nuevo mundo.

Magnifico vino tinto regresó fuerte y voraz, como siempre brindando el gusto exquisito del elegante ejemplar. Aquella noche me otorgó la seguridad necesaria para ejecutar el reimpulso del producto familiar. Por lo tanto, para asegurar estabilidad, realizaba el evento cada dos semanas. Un par diferente, cinco minutos diferentes, una mujer diferente, igual al éxito. Pero el éxito de los mortales dura poco, es tiempo carnal. Por ello, aquí estoy sentado en otro bar, esperando a que pasen cinco minutos más — ¡Oh! Ahí viene —. Sera mejor apartar otro barril, uno grande porque esta sí tiene mayor volumen para estar allí dentro. Como siempre digo: Hay que tener una mujer por barril, solo hay que prever más barriles listos para conservarlas, entretanto se produce un buen vino, un vino muy tinto.

FIN

APOCALIPSIS ATROPÓFAGO

Me encuentro en el año 2080, no sé si sea un sueño o es otra de mis negaciones a la realidad. Escuché un ruido en una de mis ventanas y el miedo mezclado con el instinto de conservación me hicieron tomar la escopeta y un cuchillo de carnicero que conservo del grato hobbie de cocinar, bien afilado y el arma cargada con municiones que me recorren todo el cuerpo. ¡Es un milagro! Dos palomas eran las que hacían los golpes, lo más seguro es que anhelen entrar para escapar a la avalancha hambrienta. Sus sentidos del olfato y oído se han multiplicado, se convirtieron en tenaces cazadores, hasta un león sabría lo que le espera de toparse con uno de ellos. Acaba de pasar un pequeño grupo, no es raro que ocho personas decidieran unirse para lograr mantenerse, tienen nuevas leyes y desarrollan contiendas. El hecho es único, ni odio, ni triunfo…comer. Entiendo que no comprendas la situación, así que me remontare hacia sesenta y ocho años:

21 de diciembre del año 2012, la esperanza invadía al mundo llenándolo de una atmosfera amorosa y llena de vida para recibir el próximo año del cual ciertos seres no esperaban o no querían su

llegada. Unos por política, otros por religión y estaban los que simplemente no querían estar en él. Casi todos se encontraban en las mismas situaciones mentales; en el anhelo. Pero como siempre, un pequeño grupo con gran financiamiento y gracias a la gnosis de un genio (sin importar la idea, mala o buena, un genio siempre será genio en su verdad) se empezó a consolidar la creación de más tecnología, destinada para el "bienestar" de la humanidad. Una fuente de energía de suma magnificencia, que no se necesitaría ninguna planta eléctrica ni combustible alternativo. Nada más y nada menos que el agua. ¡Si lector! Agua, los científicos lograron despolarizarla y descubrieron que podían utilizar sus componentes atómicos como energía potente, "controlada" y sustentable. Todo marchaba de maravilla cuando la naturaleza humana los llevo a utilizar más y más litros de agua, descuidando la capa de ozono ya que la gente veía viable el uso de todo tipo de energía. Las empresas no dejarían a sus preciados bebes, aquellos que les otorgaron los grandes beneficios del monopolio mundial. Hasta no agotar todas las reservas nadie se queda tranquilo o es que acaso tienes una caja de bombones y, ¿Alguno se ha de salvar de tu boca? De ser así alguien o algo a la final lo va a devorar.

Para el año 2021 el consumismo fue masivo, agotaron todo el petróleo, gas natural y reserva mineral, hasta decidieron hacer viajes lunares con el fin de hallar alguna mina oculta cuales langostas. Menos mal que se construyó el Conservador Hidráulico. Diré que lograron controlar sus ansias por varias décadas. Para el 2040, el mundo no volvió a ser el mismo y aun así seguía vivo. Se puede imaginar la escases de vanidades (todo lo que el petróleo aportaba, ya que la riqueza era una pequeña parte). Los animales salvajes y domésticos huyeron y construyeron sus propios refugios, muy lejos de nosotros, esto llevo a la Gran Marcha del 2050. Una caza cruel, bárbara y espeluznante de cualquier especie que se considerara comestible. Sin recursos nada más quedaba hacer una reconstrucción de todas las cosas creadas. Tenían un potencial tremendo para rediseñar y armar, era la necesidad lo que los llevo a maximizar su intelecto, olvidando que dentro de sí el espíritu formador del alma moría poco a poco.

27 de enero de 2055, fecha de mi nacimiento. Pienso que lo mejor era evitar el procrear, traernos a esta tormenta ya sea accidental es aceptable, desearlo… ¡NO! Para ese entonces ya la mayoría de las especies estaban extintas, devoradas sin piedad, que yo sepa hasta vivas les encajaban los dientes. Desarrollaron un gusto por el sabor a la sangre totalmente fresca. Llevando al humano a otra etapa, preparándose. Al no estar presentes más animales que ellos, se detuvieron a observar. Notaron que podían respirar y recordaron gracias a quienes lo hacían. Como podrás sospechar, las plantas se convirtieron en los siguientes objetivos. No les agradaba mucho el

sabor, la costumbre es una base muy sólida, y la carne más sangre fresca les daba el mayor gusto. La época mejoraba, de cierta manera nos acostumbramos a la existencia olvidando (facultad sublime para nosotros) que fue del planeta hace cincuenta y cinco años. — *¿Dónde están los animales? ¿Existirán?* — se escuchaba de vez en cuando. Utilizaron sus mentes y construyeron grandes invernaderos para mantener algo de la alimentación y lo más importante; el aire. Todos los gobiernos y sociedades se redujeron, paso a paso la civilización retornaba a su origen de sueños vacíos. La única brillante idea fue la de construir unos chips de información amplificada, te permitía escoger y adquirir los conocimientos fundamentales, totales y exactos de las carreras que se convirtieron necesarias. Fue desarrollado en el 2030 con billones de chips adquiridos por cada familia para sus generaciones.

Año 2075 fue el momento donde escogí ser médico. Mis padres tuvieron una corta charla sobre si estaba seguro de instalarme el chip, veían que no valía la pena, el planeta se había convertido en un desierto gigantesco. Quedaba pocas reservas de agua, el Conservador Hidráulico se había salido de control y despolarizo tantas moléculas de agua que al cabo de unos años se tuvo que construir pequeños lagos y represas, estas en conjunto de los invernaderos conservaban la poca vida terrestre. No existía espacio para virus, parásitos y bacterias ni siquiera ellos deseaban infectarnos, seguro nos consideraban indignos.

Hoy se cumplen sesenta y ocho años, es 21 de diciembre de 2080, hace un año se formaron grupos que tenían en común el estar hartos de granos y agua, se detuvieron de nuevo y se observaron, sesenta por ciento de agua y el resto evocando su mayor gusto, les nació un objetivo... devorarse unos a otros. Nacieron líderes, nuevos gobiernos así fuesen pequeños, esto llevo a las leyes y duelos que llevaban a los perdedores a ser comidos con placer. Mis padres murieron hace dos meses, felices, acostados y abrazados tuve que enterrarlos en el patio. Ellos me contaron todo, los sesenta y ocho años de descomposición global. Conservaron algunas semillas y las plantaron en macetas, aquí tengo comida, aire y el aporte de agua. Conozco cada proceso de mi cuerpo para mantenerme a salvo y estas dos palomas, con todo mi dolor me servirán para mantener a los antropófagos lejos. No sé cuánto pueda aguantar, poco tiempo para dormir y nervios alterados, me sorprende no estar psicótico. Me iré a dormir un rato, es necesario.

Fue más de lo necesario, estoy oculto en el closet, las palomas atrajeron a estos *nuevos zombis*. Saben que hay alguien aquí, no perdonaron a las aves, ni siquiera el haber visto el milagro de que existe vida fuera los aleja de su instinto netamente animal. Somos animales, la peor especie del planeta, siempre lo fuimos. La mejor creación llena de dominio.

Era inevitable, lograron olfatear mi sudor, escucharon mis rápidos latidos; y de mordida en mordida el dolor va desapareciendo, mi respiración se acorta, ya he caído en shock y muy pronto en coma. Recuerda cada década, la avaricia, la sed de poder y el materialismo. La Tierra llora sin parar y por eso te lo dejo escrito, para que vuelva a suceder.

FIN

RUBY RED

Es una tarde lluviosa con una oscuridad que arropa usando la sabana negra que lleva el fondo del océano en plena noche, el silencio predomina, ante todo, ni un alma se siente, escucha o respira aparte de la mía mirando a ningún lugar en específico. Escuchando el goteo de la lluvia que forma pequeños y grandes charcos, aparte de ella, también escucho el sonido agudo de un viejo columpio, ubicado en la calle Ruby Red. La más famosa de esta ciudad sin duda alguna, y a la vez…la más olvidada.

Octubre de 1814, El Sol imponente, brillante como cobertor de esperanzas, sueños, ganas de retozar en el pequeño parque de Ruby Red. Madres llevaban a sus niños para compartir entre ellas con sus ángeles, así poder alardear e intercambiar las múltiples maravillosas formas en las que ellos se ganaron aquel amoroso apodo. Los niños hacían todo tipo de competencia, lograr el regocijo de un puesto en el columpio de partes rojas, la preferencia se la llevaba el columpio. Todo marchó bien hasta llegar a este mes de octubre, donde en una tarde muy similar a esta, solo una mamá se atrevió a quedarse con su niño, él le había pedido jugar en la lluvia, qué problema iba a ocurrir si ni rayos podían verse. Ella accedió al dulce rostro del niño, con el encanto digno, para ella verlo era yacer frente a Dios. La mujer se sentó en uno de los puestos del columpio, quedando tal cual mi posición, dejando caer la lluvia, perdiendo la noción del tiempo en medio del éxtasis, relajada. Se escuchó un grito agudo de desesperación.

— ¡MAAAAAAAMIIIIIIIIIIIIIII!

La mujer levantándose abrumada, salió corriendo gritando el nombre de su hijo. Respirando acelerada con un ahogo opresivo en medio del pecho, tenía un mal presentimiento. Si el pequeño no aparecía debía acudir a la policía. Seguía corriendo, adentrándose casi cerca del bosque pequeño de Ruby Red, para lograr alcanzarlo se debía cruzar la zona de un pozo viejo, cuyos años abraza, consolando a la mujer. En el momento justo de estar a diez pasos del pozo frenó la carrera, empezó a temblar avanzando con pasos torpes y bruscos. Al borde del señor de piedra, asomó la cabeza para descartar las falsas presunciones, la venda cayó de sus ojos desquebrajando, así un rayo cae y parte un árbol gigantesco en dos dejando chamuscada la madera, así le quedó el corazón. El visaje de su pequeño boca arriba con la carita desfigurada tras varios choques antes de caer en el agua que amortiguaría su noble cuerpo, podía notarse el cuello casi degollado. La madre se incorporó, levantó la mirada al cielo y cerrando los ojos se dejó caer para acompañar al angelito.

Luego de acabarse las lágrimas del cielo, el grupo usual salió acompañados por el Sol. Notaron no ver al par cotidiano, así fueron varias ocasiones. Un día más lluvioso que otro se asoció con la desaparición esta vez únicamente de niños. Cientos de ellos se esfumaron sin "razón" aparente, hasta que uno escuchó cierta voz dulce, aguda y penetrante también seductora. A sus espaldas había la presencia de alguien alto, una mano lo tomó del hombro y mientras le contaba cuanto se divertirían si lo seguía, con la otra recorría el rostro del niño, enamorado de la dulzura angelical, tocaba mejillas y mentón. Entrando en una especie de trance el niño se levantó, dio la vuelta vio al ser. Un espectro como antes se percibía alto, aunque delgado, de dedos sumamente largos, globosos en las divisiones, uñas finas similares a garras. Pálido podría decirse que blanco en totalidad hasta la vestimenta, con corona en puntas, podría tratarse de un verdadero ángel en el momento, pero la realidad yacía en aquella envoltura encantadora, un espectro, un demonio o algo parecido es lo que era. Movía las manos con dulzura y delicadeza, los ojos mirando únicamente al niño entrecerrándolos de vez en cuando sabiendo que faltaba poco para tener a la presa. Queriendo arrullarlo, el niño despertó asustado al borde el pozo, miró con pavor la macabra silueta y salió corriendo. El espectro dio un grito bestial y fue arrastrado al pozo con fuerza, aferrándose infructuosamente a la orilla.

Ahora en medio de esta lluvia vuelvo a ver sus lúgubres y pálidas garras, se estiran sin poder salir del pozo, escucho sus gritos de impotencia ya que no soy un angelito sino un adulto que ríe y lamenta escuchando también los gritos de desconsuelo de madres buscando a los niños helados, siempre oyendo la voz del espectro, sintiendo los delgados dedos. Dejando en el olvido la calle de Ruby Red.

FIN

MONASTERIUM

En un paseo nocturnal, luego de despertar de un dulce sueño que a mi alma llegó a atormentar, mis pies se hallaban en un lugar inhóspito, mi caminar era inusual, ya que por más pasos que daba hacia adelante, creía estar siendo llevado por una fuerza superior a la gravedad, incluso muchísimo más potente que el amor, me obligaba a avanzar, paso a paso a retroceder. Hundiéndome en tinieblas, acercándome a un abismo cual gruta un rayo hubiese caído y abierto el suelo, partiéndolo como si fuese nada. Inevitablemente el terror me hizo cerrarme a la vida, imposibilité mi mente así negándome a mí verdad […] le temo como muchos a la completa oscuridad.

La mente sin impedimento conserva huellas pertenecientes a la niñez, la etapa más ingenua de nuestro desarrollo. Prosigue entre grandes pasos y zancadas con la cabeza siempre en alto sin percibir hueco alguno [...] cayendo hasta el fondo. Nos incorporamos a medida que el proceso se repite una y otra vez para luego vernos frente a un espejo el cual dibuja el gran cambio, pero detallando las marcas, las cicatrices, esas heridas que son bastante difíciles de cubrir por cada tropiezo contra muchas piedras del camino. El transcurrir del tiempo marchita al magnífico y puro dibujo del espejo, secándolo, doblegando sus fuerzas, haciéndolo perder algún rastro del oscuro color de sus cabellos, siendo arrullada su alma por la muerte, sin poder olvidar las huellas de esas caídas y aquellas piedras, como al salir lo primeros rayos del Sol, transcurren formando la mañana, poco a poco se nutre volviéndose imponente, difícil de ver por su soberbia. De la misma manera como llegó a la mitad del cielo, sigue avanzando cada vez más, volviéndose opaco. Deja que las nubes grises lo cubran, y termina siendo abatido ante la naturaleza oscura, triste y resignada de la vida, esos eran mis pensamientos mientras llegaba a ese lugar extraño.

Curiosidad, sí, fue la curiosidad. Amiga de todos, objeto de pocos o puede haber sido el evocar el pánico que le tengo a las tinieblas. Abrí mis ojos y algo me impactó. El cielo era lóbrego, brillante, iridiscente, parecía encontrarme bajo el océano más profundo. Asemejé creerme un ave, según mi intelecto, podía tocar el cielo despoblado de joyas. De pronto un círculo espectral poseía un argénteo singular, era la luna eclipsada. Un error, otro circulo de mayor tamaño se hallaba encima de ella, entonces había dos lunas, pero no. Un relámpago desquebrajo el cielo, provocó que volviese a cerrar mis ojos debido a su fulgor, el resplandor fue mudo. Volví a abrir mis ojos y había una luna inmensa, no podía compararse con sus hermanas menores. Vestida de purpura intenso, galana y señorial, transmitiendo pánico, cambiando a un traje rojo así aumentando de tamaño, aceptando ser aniquilada se tornó negra, sombría, periclita así mismo sus hermanas.

Detallándole un brillo dorado, parecía un espejo gigantesco con el centro gualdo, similar a una puerta. Extendí la mano izquierda queriendo agarrarla cuando su fulgor impactó con mi mano, alucinando por el esplendor, jugueteando me di vuelta y ahí cerca de lo que sí era una puerta de oro custodiando un pequeño monasterio. Escudriñé la puerta, dejándome llevar por los instintos amadores de Mammón. La toqué con el dedo índice de mi mano derecha y esta se abrió. Detrás de ella, un monje vestido totalmente de negro, no podía ver su rostro ya que estaba muy cubierto, tampoco ver sus manos, ni pies porque la toga le ocultaba todo el cuerpo. Me invitó a pasar, su voz era lejana, profunda, parecida al sonido de un trombón. Me indicó que permaneciera detrás de él, en todo momento detrás de él para así mostrarme los secretos del lugar.

Dentro había cientos de puertas cubiertas con números que no logró aun descifrar, escribir o pronunciar con mi mano izquierda.

Llegamos hasta el fondo del pasillo frente a una puerta purpura muy parecida a la principal pero más pequeña. Al abrirse una tempestad como un tifón, me arrastraba hacia ella, el monje se colocó en postura de crucificado pronunciando unas palabras en un idioma que no identifico, escribo o pronuncio. Este logró calmar la tempestad volviéndola un céfiro suave y ligero provocando ser seguido, tentándome a entrar. Pestañé hallándome tras la pequeña puerta purpura, cerrándose esta de golpe. En el interior había un pasillo con más puertas aun, cientos y cientos de puertas de madera, deteniéndonos en una de oro con un sello, era un árbol al estilo abstracto. Mi guía me invitó a franquear, dejándome solo.

El sitio era renegrido e impregnado de un aroma nauseabundo y descompuesto. Una silueta se acercaba proyectando una luz rojiza, resultó ser un monje vestido como mi guía, pero de túnica roja. Dejó ver su rostro de piel tersa, pulcra y sin una arruga, repleto de juventud. Tras él venían consigo un hombre y una mujer, ambos desnudos, los sentó en dos sillas que quedaban de espaldas a cada uno, de la nada salieron unas cadenas que les abrasaban la piel, parecía quemarles sin embargo no se quejaban, sino que disfrutaban de la tortura. Las cabezas de los dos se sosegaban sobre el hombro opuesto del otro y el monje rojo sacó de su túnica una manzana exquisita a la vista. El hombre y la mujer se retorcían pasando la lengua por sus labios y mordiéndola sangrándoles, pero sucedía como con las cadenas, no les dolía, sino que se deleitaban. El monje partió la manzana en mitades y se las dio a ambos. Se regocijaban con los ojos exorbitados, hacían gemidos mientras degustaban cada mordisco. Su mirada se dirigió al monje rojo suplicando por otra. Este metió la mano nuevamente en su túnica y sacó una manzana idéntica, disfrutada tal cual la anterior. Volvieron a mirarlo para obtener otra. No puedo contar cuantas fueron las manzanas quizás cien, ciento cincuenta, sinceramente no tengo la más remota idea.

Entretanto devoraban otra jugosa manzana empezaron a ahogarse, se movían como si tuviesen un ataque de epilepsia, expulsaban una abundante cantidad de efervescencia por sus bocas y narices. El monje se reía y burlaba de ellos, tornándosele la cara más arrugada en cada carcajada, envejeciendo prematuramente moviendo los brazos, agitándolos que en conjunto con las cadenas ardían más en los cuerpos de aquellas personas, haciéndolos esta vez gritar. Luego un río de gusanos corría por todos sus orificios hinchando y provocando explotar sus ojos. Se les acercó el monje rojo, descubrió sus ancianas manos, la belleza se había acabado en él, tenía escrito en ellas *FORNICATO* [1], las extendió arrancando con ellas los miembros genésicos de ambos seres, de donde salieron más espuma y gusanos.

---

[1] LUJURIA

Quise tapar mis ojos de aquel horror más mi guía me hizo avanzar rápidamente hacia una puerta en el fondo de la escena. Una nueva sala apareció a mi vista cuando el guía cerró la puerta. Esta vez era muy agradable ya que una gran mesa repleta de alimentos y cientos de copas de vino la componían. Me acerqué para tomar una copa cuando sentado en la otra punta había otro monje vestido con túnica color pardo. Se levantó acercándose, exhibió su rostro y estaba muy desencajado: quijada extensa, mentón prominente, grueso y ancho. De ojos amarillentos y nariz larga, fina como un pico de buitre. Saco su lengua, llevaba escrito en ella *GASTRIMARGIA* [2].

Se abrió una puerta cercana al escaño donde se encontraba antes sentado, dos monjes usaban las mismas túnicas pardas trayendo agarrado de manos a un hombre medio grueso un tanto robusto. Lo sentaron, tomándolo con suma fuerza ya que no podía realizar ningún movimiento ni con la cabeza, parecía ofuscado. El monje que me mostró su lengua yacía del lado cercano al espaldar de la silla mirando fijamente al hombre robusto, le abrió la boca con su mano derecha y de su nariz goteó un moco viscoso, asqueroso con hilos de sangre, se volvía marrón acompañado de vómito, obligaban al hombre robusto a engullirlo sin él poder defenderse. Casi me desvanezco al no soportar tal atrocidad cuando al parpadear estaba con mi guía en otro pasillo.

---

[2] GULA

Con más puertas de madera que el primero, sentía que íbamos hundiéndonos a cada paso, quise tocar una de las puertas y antes de intentarlo gritos estruendosos, mórbidos como en cenotafios y rugidos de bestias salían de ellas. Al fondo una puerta con un sello igual a la pasada, un árbol, en esta ocasión una puerta de plata.

En La habitación habían decenas de monjes con túnicas doradas, me acerque a uno de ellos y en su clámide llevaba escrito *PHILARGURIA* [3]. La estancia estaba repleta de barrotes donde los monjes abrían sus puertas y sacaban personas. Hombres y mujeres cubiertos de joyas y vestidos con prendas elegantes de exuberantes colores a las que arrojaban a un pozo lleno de monedas de oro, todo tipo existente de monedas doradas. Los individuos al caer se incorporaban lo más aprisa, cayendo uno encima del otro, mordiéndose, arrancándose la piel para tomarlas. Cada contacto con las monedas les provocaba llagas, las monedas brillantes, hermosas, atractivas para bañarse en ellas y tan mortales que les hacía caer la piel, perforándola, acabando con su existencia en agobiante tormento.

La siguiente cámara fue personificada por un monje con túnica gris, se veía triste, demacrado, se descubrió la parte de la cabeza y en el cuello tenia tatuado *ACEDI* [4]. En medio una mujer dormía sobre una

---

[3] AVARICIA
[4] PEREZA

roca, el monje gris jaló una palanca haciendo que la mujer se levantará forzada por hilos finos atados en ambas muñecas y tobillos, provocándole sangrar. Si ella trataba de volver al suelo los hilos se aferraban más a sus partes, sangrando cada vez más, cubierto su rostro de lágrimas bostezaba y cada bostezo lo acompañaban de mordeduras en sus pechos por parte del monje gris.

Otro pasillo aún más repleto de puertas de madera y con un calor inclemente, nos llevó a mi guía y a mí a una puerta de bronce con el mismo sello que la de oro y plata. Aquí un monje con túnica purpura sujetaba la cara de un hombre cubriéndole los ojos, lanzándolo boca abajo contra un suelo rocoso, ya ahí el hombre era arrastrado hasta que la mitad de su cara estuviese manchada de sangre y completamente deformada descubriendo parte del hueso. Al completar la tarea el monje grito ¡*VESANIA!* [5] Mi guía me tomó por el pecho, empujándome para la sucesiva cámara.

Había un hombre atado por serpientes verdosas, con rodilla en tierra, me aproximé para verle mejor y tenía marcado en sus pómulos *INVIDEBIT* [6]. Me asusté cuando de sorpresa veo a un monje de amarillo pálido, colocando sus manos lívidas alrededor del cuello del hombre, asfixiándolo, dejándolo desvaído, lo soltaba en el momento

---

[5] IRA
[6] ENVIDIA

que parecía fenecer para volverlo a ahorcar con las delgadas manos de uñas amarillentas y afiladas, rasgándole el cuello. Imploré a mi guía salir de ahí para continuar y un pasillo infernal que no me apetecía caminar hacia la siguiente puerta. Que amargo sabor y aborrecible aroma emanaba de aquellas paredes de ultratumba. Una puerta grande con el sello del árbol ahora de hierro era el escenario de un monje negro como mi guía, tenía un grupo de personas que giraban formando un circulo a su alrededor. Las tomaba sin dificultad y les hacía inclinarse, besar y lamer el suelo, comer todo tipo de inmundicias acercándolos a un pozo lleno de excremento donde los empujaba y hacia comer de él. Ellos se envilecían raspando sus rodillas y eran flagelados por el monje negro, no había notado que en su talle vestía un cinturón al que desprendido era un extenso látigo con puntas alrededor bañado en sangre y cubierto en piel, la piel de las personas, me extendió la mano y en la palma relucía de color escarlata la palabra *SUPERBIA* [7].

Mi corazón corría cual caballo desbocado, galopando intenso y desasosegado. Le di mi semblante al silencio de un último pasillo. Corto y angosto, esperándome mi guía frente a una puerta mezclada con hierro y barro. Al abrirse inmediatamente vi el fulgor de un monje vestido con túnica color blanco cargando a un bebe entre sus hermosos

---

[7] SOBERBIA

brazos, al cerrarse la puerta, alzó la mirada hacia mí y dejando caer al infante que tocó el suelo, volviéndose polvo. Dio pocos pasos hasta alcanzarme, sus brazos ya no eran bellos sino similares a lo putrefacto; muerto. Se destapó su cabeza, mirada seria, dirigida a toda la habitación donde se oía una melodía triste, lúgubre y a la vez majestuosa. Le pregunté el por qué me hallaba en todo ese sitio, qué había hecho para merecerlo, le dije que era bueno, aunque algunas veces algo altivo sin dejar de vociferar […] no respondió. Me puse a llorar desconsolado, ni mí guía; el monje negro, me acompañaba. Entonces el monje blanco me levantó el rostro, secó mis lágrimas con sus dedos y me indicó que le expoliase el cuello, en medio tenía escrito *MUTO*[8] y procedió a tocar mi tráquea seguidamente empezó a cantar como si la voz fuese un trueno elevándose con cada nota, mientras yo no podía pronunciar ninguna palabra. Desesperado jalaba su túnica y este no paraba de cantar, supliqué arrodillado que me devolviera la palabra y no me pude hacerme escuchar, hasta que reventé de nuevo en llanto. Regresó el silencio, me miró tocando mi tráquea y volví a gesticular. Enjugó mis lágrimas y su mano asquerosa, muerta, corrompida, se aferró a mi brazo derecho tratando de quitármelo de encima, lo volví a ver y resultó ser el monje negro, mi guía, pero ahora me mostraba su faz. Tenía las joyas robadas al cielo en su interior, no era un rostro sino la vista de la eternidad. No sé cómo regresé a mi

---

[8] MUDO

paseo nocturnal, traté varias veces de explicarme cómo llegué al monasterio.

Este ardor que he llevado en el brazo derecho no lo soporto más, sin marca, pero como en una hoguera me quema la carne viva con llamas brotándome por la piel, no aguanto más y mi monasterio se acabará tras este acto. Mi cuerpo se despidió de la tortura del monje guía, el monje de la muerte, enterrando mí pecado de SUPERBIA, dándole mí brazo como pago […] la vida por la muerte, con él escrito: *SOLITUS PECCATUM* [9].

FIN

---

[9] PECADO PAGADO (LAT)

CATALEPSIA

Acabo de abrir mis ojos, sin embargo, las tinieblas cubren mi visión. Trato de moverme causando un esfuerzo incapaz de lograr. Mis ojos se mueven en todas direcciones mientras no percibo rastro de mi habitación. Jamás había estado sumergido en tanta oscuridad, estoy desesperado, me sofoca la idea de no reconocer en donde me encuentro, las lejanas horas que pasamos viendo la luz, fastidiándonos del Sol por quemar nuestra piel, somos unos desagradecidos ya que ni la luna salimos a admirar. Los regalos que el cielo nos da, sin precio alguno, uno solo…respirar. Inmóvil dije, sí, inmóvil en una cama dura, firme, e incómoda, la respiración se acelera, los latidos del corazón me presionan el pecho, las contracciones del musculo vital están yendo desacordes a los agitados respiros. Intento calmarme pero la oscuridad me aterra, no se sabe si la sombra que un rayo de luz pueda mostrar sea la tuya. Podría ser la de un asesino o alguna especie de demonio queriéndose apoderar de tu cuerpo.

Pero, suspiro de alegría, temblando, no importa que tiemble sino que puedo mover el dedo índice de mi mano derecha. Imagino la tecla de un piano, ahora dos, tres, la gloria de mover toda la mano, mejor aún mi cuerpo.

Recorriendo mi torso para al menos reconocer algo ya conocido. Escasamente detallistas, pudiendo llegar a la edad más avanzada posible, establecida, aunque posiblemente un suceso imprevisto la adelante. Estrechando las manos queriendo consolar al galopante, seguí avanzando para dibujar mi rostro con la mente. El aliento caliente impregnaba a ambas gemelas, el placer del calor siempre debe ser aprovechado. Me entró curiosidad por elevar una de ellas tratando de quitarme ese gusanito; por un momento pienso en que el techo es más bajo de lo que era, estoy en lo cierto. Ni la elevé un cuarto de su extensión cuando toqué el techo, ¿Qué está pasando? Las extiendo a los lados y encontré otros muros ¿Dónde me encuentro? Grito desgarradoramente, golpeando los muros que me rodean, mi ahogo está aumentando ¡Ay no! no puedo salir, es como estar en un ascensor, no quieres entrar por lo estrecho ya atravesar la puerta es una tortura, al adentrarte, darte cuenta que no hay escapatoria, si se tranca, peor aún podría cortarse los cables y caer. En cambio esto es mucho peor, nada se mueve solo yo retorciéndome, pataleando sin cesar hallando otro muro y uno más encima de mi cabeza.

Vestido de traje, no recuerdo haberme ni vestido, cuesta respirar hacerlo comprime mis costillas, debilitándome tras la lucha con los muros. Cierro los ojos por unos minutos, sé que al abrirlos despertaré en la venidera tienda de mi hogar. Si pudiésemos darnos tiempo para oler, degustar con manos y ojos nuestros muros grises, verdes, marrones y transparentes. El paraíso está cerca en todo rincón, nos habla, nos mira, provocándonos gozo incluyendo dolor. No me di cuenta de caer en el sueño mortal, volví a despertar en la misma e infernal cloaca donde me dejaron. La luz no la hallo, no importa cuánto ruegue a Dios. Tengo mucha sed, la garganta me irrita por los gritos, mis labios secos claman a la llegada de un a gota de agua. El hambre tiene a mi estómago volviéndolo un león voraz, provocándome ansias, nutriéndome con ganas de matar. Que no daría por un trozo de pan, cuantas almas anhelan siquiera ese privilegio y somos capaces de desperdiciar un plato sazonado con amor.

No me dejare vencer, una nueva rabieta logrará mi salvación. Gritos que nadie escucha, ni en este mundo ni en los otros. Las gotas de sudor al menos litigan mi dolor, solo necesito engañar al cerebro humedeciendo los labios, dando estímulo a la lengua. Encajando brutalmente los dedos, afincando las uñas simulando una bestia atrapada, ya que es mi realidad, renuncio de nuevo para descansar. Siendo sincero conmigo mismo me detuvo fue un ardor en las manos, pruebo mis dedos percibiendo un sabor a hierro. Debo tener los ojos desorbitados, siento nauseas, la fatiga se ha vuelto mi compañera. Pero, espero un momento, hay algo en mi bolsillo izquierdo, parece metálico y posee una rueda ¿Será lo creo qué es? Reviento en risas, carcajadas, alaridos ¡JA, JA, JA, JA, JA, JA, JA, JA! Vamos amigo haz la magia ancestral, dámela, la quiero. ¡FINALMENTE! ¡JA, JA, JA, JA! ¡LA LUZ! Por cuanto te he estado esperando, al fin podré salir de este… ¿Qué? Pero, no, no puede ser ¡NO PUEDE SER! ¡AAAAAAAAAAAH! Que el infierno me lleve si es necesario, Dios no ha de existir, ¡Sáquenme de aquí! Dando golpes y volviendo a herir mis dedos, suelto a mi amigo para regresar a las tinieblas. Dios, mi Señor, perdona esta gran falta y blasfemia hacia tu divino empíreo, suplico clemencia por mis tropiezos, nunca me olvidare de tu amor, en nombre de tu hijo Jesús ¡Amén! Sera mejor acomodarme como crecí antes de llegar a este mundo, la diferencia es que vine dentro de la andorga extraordinaria de mi madre, entretanto caeré en el sueño eterno dentro de un ataúd, me han enterrado vivo.

FIN

COCINERO MISANTROPO

Claudio Martinelli había sido un hombre excepcional, pulcro, un esposo devoto dedicado a la familia y el mero arte de cocinar. Desde desayunos hasta postres, pero nada mejor que sus guisos. Aromas, gustos y risas moldaron el pequeño restaurante acoplándose entre reuniones familiares, de negocio, románticas e incluso solitarias. El ambiente era tan ideal que valía la pena de ir a sentarse sólo en la mesa más recóndita ya que la vida se perdía degustando.

"La vida es muy corta como para no disfrutar de los sentidos" *"¿Sabían ustedes que para los antiguos monjes hacer una mueca de gusto o saborear la comida ya era considerado gula?"*. Típicos dichos y anécdotas que Martinelli contaba a los clientes con una sonrisa

esplendida, todo para romper el hielo. De repente se escuchaba una que otras rimas napolitanas. Un *O'sole mio* por allí, un *O' surdato mnamurato* por allá ni dejar escapar alguna que otra aria de óperas italianas. Grato el hombre con un aroma a salsa napoli encima de su piel, espiraba a La Bota por doquier. Parecía que los señores Martinelli tenían un matrimonio sólido, feliz, donde de pronto dejaban la cocina y salían a bailar al son de una tarantela. "*Las apariencias engañan*" es un dicho *verídico*. La gente puede imaginar una situación con la mera impresión insípida que los ojos le dan, sacando la conclusión más estúpida, ignota de la realidad. Los seres humanos estamos dotados de maravillosos sentidos, es cierto, Claudio Martinelli tenía razón, pero olvidaba que usamos menos de lo correspondiente con respecto a nuestro cerebro. Eso nos convierte a los seres humanos en ánimas controladas primordialmente por el instinto, de si eres anímico.

Los hijos crecieron en un abrir y cerrar de ojos. El parpadeo de la vida es inesperado, quieres frenarlo y no puedes, ahogarlo y terminas tornándote cianótico. "*El tiempo pasa y no perdona*" son cosas inevitables, los tres muchachos Martinelli encontraron las niñas de sus ojos. Tuvieron una infancia plenamente hermosa, llena de música, sabores, alegrías de una familia unida. Todos trabajaron a decir verdad, nadie en la casa debía estar echado en una cama a menos que alguno estuviese enfermo. La Sra. Martinelli de vez en cuando pilló a alguno de sus hijos cometiendo pecado capital de pereza, fingía estar enfermos, nada que un poco de tabla en la piel no compusiese. Las lágrimas de ambos se derramaron cual diluvio bíblico tras la partida de los para siempre pequeños. Ahora bien, el matrimonio Martinelli estaba flaqueando. Todo debido a ligeras tentaciones por parte de los dos, se alejaron el uno del otro, olvidaron como reencontrarse. La mujer sentía un tanto de atracción por uno de los ayudantes en la cocina, y el hombre por la cajera. Mientras alguno fuese a hacer las compras el otro creía apropiado volver al restaurante en una concupiscencia. Todo quedaba intacto, el descaro del propio culpable que acepta y disfruta su culpa en lo oculto. Podemos compararnos perfectamente con las plantas, son iguales a nosotros, la diferencia es que respiramos lo que ellas desechan y viceversa. La raíz y el tallo pueden estar secos, completamente secos, grises e incluso negros, pero justo hay una parte que se ve verde lleno de vida con un recorrido vigoroso de hojas alegres.

"Entre cielo y tierra no hay nada oculto". Era de esperarse que tarde o temprano alguno de los descarados se descubrieran en pleno acto. Aquí fue primero la Sra. quien encontró a su esposo encima de la cajera revoloteando sobre la mesa para amasar las pizzas. Llena de ira, furia, se convirtió en una fiera que asemejaba a una leona. Agarró uno de los cuchillos y le clavó a la mujer cincuenta y cinco puñaladas, no

quedo satisfecha tomó un cuchillo más prominente para poder degollarle el cuello, hasta que se calmó. Claudio Martinelli no dejaba de hiperventilarse, horrorizado creía estar teniendo una pesadilla. Salió a ducharse y cuando regresó la mujer estaba cocinando, un guiso de exquisito aroma, no pronunció ni una sola palabra. Llegaron los clientes a la hora del almuerzo y el especial del día "Guisado a la Liar". El nombre fue muy llamativo inspiraba a meditar en deseos.

Aquella noche durmieron juntos y se trataron de lo más normal. Hasta rieron sobre los comentarios vanagloriosos hacia las manos prodigiosas que realizaron el guiso. A la mañana siguiente, Claudio salió al mercado, tuvo que regresar con urgencia, olvidó parte del dinero. Ahora le tocaba su acto de misantropía al hallar a su esposa con el ayudante de cocina. Esa tarde se sirvió un nuevo especial "Guisado a los Amancebados".

— ¡Claudio, Claudio! Esta ha sido tu novena en términos de guiso, que maravilla, que delicia. Estoy dispuesto hasta para repetir — dijo amenamente un amigo de Martinelli.

— Grazie Rafael, Con gusto — dijo Claudio Martinelli.

— Pero que raro, no he visto a Marta, ¿Acaso esta indispuesta? Ni al ayudante he visto, ¿Andas solo? — preguntó muy curioso Rafael.

—¡Ja, ja, ja, ja ,ja! Tranquilo mio amico, El ayudante decidió tomar otro turno porque está ocupado cuidando y alimentando a unos perros. […] y Marta acaba de hacer un viaje al centro de la mesa —rompieron en carcajadas ambos amigos.

FIN

ABDUCCIONES

Me llamo Leonardo Álvarez, Tengo treinta años y aparento veinticinco — dije tranquilo sin mostrar alguna expresión atento a las preguntas — Sé el motivo de tenerme aquí y sé que no he dicho todo, en realidad he dicho nada. Si no les molesta me gustaría colocarme más cómodo, no he tenido un descanso placentero, es por el insomnio que va desde el comienzo del reposo hasta la caída. Muy bien, soy un PhD. En Física pura, ovnílogo, psiquiatra, creyente en Dios y con respecto a lo de ovnílogo me considero escéptico en términos de consistencia — Me quede callado por unos instantes mirando a la interrogadora; una mujer ya con marcas del tiempo, arrugas en la frente, cuello, las manos son el detalle más importante para tener una idea al engaño actual; las mujeres así como hombres, podrán pagar todas las técnicas estéticas y plásticas del mundo, pero nunca engañaran al reloj. A su lado un joven haciendo la rural correspondiente.

Hace un año el teléfono sonó estridente ya que en esta ocupación muchas llamadas llegan y mínimas dan la sensación verídica de que es algo real, le repito, soy muy escéptico en mi ocupación. La llamada provenía directamente de la agencia informándome que una granja en la tierra de Aguas Claras, estado Falcón, estaban aconteciendo sucesos que en el medio calificamos como avistamientos. Acomodé mis cosas, desafortunadamente la mayoría se dañaron sin razón aparente, el único sobreviviente a parte de mi cabeza fue la grabadora, esta que está en medio de la mesa. El pequeño pueblo activo por la hora, eran las nueve de la mañana no era muy complejo encontrar la pequeña granja, curiosamente se llamaba Satélite. En ella la familia García vivía sucesos extraordinarios. El Sr. García fue el primero al que consideré interrogar, según él, tres luces similares a pelotas color naranja flotaban a una altura considerable del suelo. Las primeras noches aparecían sin mayor movimiento, solo flotaban. A medida que transcurrían los días estas mismas esferas empezaron a ejecutar movimientos que podrían considerarse fuera de los parámetros normales en aviación y en la física. Desde zigzags, giros bruscos, velocidades inalcanzables incluso para la vista. Decidí examinar a uno de sus dos hijos, al mayor. Quince años, delgado bastante diestro el muchacho. Detalló los eventos iguales que los de su padre, me deba la impresión que si los otros dos decían lo mismo era mejor llamar a un psiquiátrico y no a la agencia. Luego sentí curiosidad de tener pruebas, podía al fin pasarme al lado de los fervorosos en la ocupación. Esa noche los García habían decidido no dormir, me junté a la familia con una taza de café extra que la Sra. García había enjuagado especialmente para mí. Debo decir que desde aquella noche, la taza de café sería mi nueva amiga.

Con mi equipo de cámaras de video, infrarrojo, computadora portátil y la grabadora, documenté la semana más alucinante para mí. La noche negra, perpetuada en la oscuridad, sin compañera; la luna había escapado de aquel cielo…las luces llegaron.

AVISTAMIETO 1

"Son las 2:30 am. Luces en forma de esferas fulguran en el cielo. No tengo medida exacta pero deduzco son de unos cuatro metros de diámetro. En conjunto hacen un triángulo, creo es el aparato en sí […] ¡Corrección! Se separan, están alejándose realizando movimientos rápidos. Una ha descendido casi tocando el suelo […] Paralizados, la señora García y sus hijos tiemblan paralizados. Esperen un momento, la luz avanza, está a treinta metros, ahora a veinticinco. Lo hace con lentitud, se ha detenido como observándonos. Las esferas superiores dejaron de dar vueltas entre sí y está cercana a nosotros asciende en un parpadeo. Se han perdido trayectoria al infinito, como dando un salto."

MAÑANA 1

"Son exactamente las 6:00 am. El Sol apenas brinda los rayos dulces de su resurrección. No he podido dormir ni tampoco la familia García. En mis años como interrogador siendo un ovnílogo brutal en desmentir tantos fraudes ya que a la gente les parece gracioso o quieran fama momentánea, jamás había visto tales acontecimientos como los ocurridos esta madrugada. El ganado vacuno y caprino incluyendo a los corrales de la granja Satélite se encuentran inquietos, los perros tampoco conciliaron el sueño […] Acabo de tomar mi contador Geiger, el indicado para medir radiaciones […] El suelo donde la esfera luminosa flotó a un metro de altura esta erosionado. Hay manchas negruzcas en forma de círculo con línea verticalmente perfecta en medidas. El contador marca números elevados, confirma la presencia de radiación. Sin embargo, necesito analizar las grabaciones directamente con los otros equipos los cuales se apagaron cuando la esfera descendió […]"

"No enciende el computador portátil, descarté todas las posibles fallas. Tampoco la cámara de video, nada más la infrarrojo guardó muestras de intenso calor proveniente de la esfera, ¡WOW! Aquí hay mucha energía. ¡AY! [...] Mala jugada de la cámara, arrojó chispas y ya no funciona. Tendré que trabajar a punta de grabadora."

AVISTAMIENTO 2

"1:00 am. El ganado esta agitado, las vacas no dejan de mugir con entusiasmo. Hay un olor a miedo en el ambiente. Ningún García tuvo el valor para salir. Alguien ha abierto la puerta principal, veo al hijo menor caminando en dirección a una esfera luminosa, ¡Auxilio! [...]"

"1:45 am. El niño García no reacciona. Esta catatónico, cuando trató de moverse cayó en estado de catalepsia. Gracias a Dios mis gritos alertaron con premura a la familia. Cuando tomé al niño pude notar que tenía los ojos cerrados, sonámbulo. La esfera cambió de naranja a rojo como ver a un ojo ya que era un círculo dentro de un círculo, luego partió hacia las estrellas [...]"

MAÑANA 2

"Son las 8:00 am. El niño ha despertado. Apenas tiene siete años, regresa del entramado estado. No ha querido hablar con nadie, repite "ven, ven, ven". — ¡DOCTOR ALVAREZ! — gritó el señor García."

"Las vacas están acorraladas, no pastan, miran tristemente al medio del campo [...] — Mire doctor...— dijo el señor señalando al suelo — Es una vaca echada, está muerta. Es una escena de película de terror, algo abominable. El animal presenta mutilaciones, múltiples mutilaciones. Faltan ubre, recto, aparato genital, también un ojo y falta la lengua. Esto es más extraño, no hay zamuros u otro animal de carroña aprovechando el momento [...] Son cortes exactos, descarto el ataque de animales salvajes incluso los perros. El contador geiger registra valores idénticos al suelo quemado."

AVISTAMIENTO 3

"El señor García y su hijo mayor han traído una escopeta para sí. Montaran guardia esta noche. Entre mis objetos de estudio porto un revolver S&W60 [...] Han vuelto las tres luces. Los animales se han agitado [...] Disparamos a la luces ya que proyectaron una clase de rayo de luz clara tocando la pierna derecha del señor García dejándolo prácticamente inmóvil, perdió la sensibilidad [...] otro cubrió al joven desapareciéndolo por unos minutos, regresando en la misma posición, estaba mareado con nauseas, luego vomitó un líquido lechoso color blanco."

TARDE 3

"Son las 4:00 pm, en una sesión de hipnosis grabaré los sucesos de los cuales doy veracidad. Aproximadamente a las 11:00 pm el joven García fue cubierto por la luz de una de las esferas y desapareció ante mis ojos, aseguro que para mí fueron no menos de tres minutos, pero el muchacho indica con dificultad que su vivencia duro alrededor de horas, como cuatro horas."

— "Cuando el tubo de luz se posó sobre mí, cubriéndome, de pronto estaba en una habitación totalmente desnudo, siendo empujado por algo o alguien que no podía distinguir, debía ser muy pequeño y era frío. Caí en un estanque, me chupó por un ducto y así fui a dar a otro cuarto brillante, más brillante que el día. Mi cuerpo no se había sentido más limpio y seco, me dormí y desperté sobre una cama de hierro pulido, seguía desnudo y frente a mí había una mujer cerca de mi altura. Blanca como la leche, pero algo gris, cabello largo, suave, negro. Ella también estaba desnuda, hermosa y fresca, se parece a la corriente del río corriendo que provoca lanzársele. Me tocó la piel y sentí mucho calor, cuando se me acerca para darme un beso, todo fue mágico. Entonces me volví a dormir ahora en sus brazos y desperté donde me habían tomado, vestido y con ganas de vomitar."

AVISTAMIENTO 4

"12:25 am Todos despertamos tras escuchar los sollozos y gritos del hijo menor de los García. El muchacho no se despega de los brazos de su madre, ella lo trata de calmar dándole una taza de leche tibia. El niño relata haber visto en la ventana de su habitación dos niños que lo miraban fijamente diciéndole que viniese con ellos […]"

TARDE 4

"5:00 pm. El niño ha comenzado a actuar más extraño, no ha querido comer ni beber nada. Se la pasa dibujando la granja, las mutilaciones, esferas y cuerpos humanoides — Estos son los niños — me dijo obsequiándome uno de los dibujos. Se dibujó así mismo y a los otros dos de su tamaño, con cuerpos oscuros, cabezas grotescas con ojos almendrados, negros."

AVISTAMIENTO 5

"Son las 10:00 pm nos despertó el bullicio de los animales, así como gritos desde el cuarto de los señores García. Invadidos de pavor, las cosas se están saliendo de control, todo indica que estamos experimentados verdaderos encuentros del tercer tipo. La señora García dice haber sido tomada por la espalda por un ser pequeño tanto como su hijo pero con voz de adulto. Indica que llevaba un traje porque no parecía piel. Especifica sentir ardor en el brazo izquierdo, se ve un objeto que fue introducido, no doloroso, puede ser móvil. Tuvimos que sostenerla, salió corriendo a la cocina para clavarse un cuchillo y sacarlo."

AVISTAMIENTO 6

"Algunos estruendos conmocionan nuevamente a los animales, los perros ladran sin cesar. Corrimos armados, en el cielo las luces están girando y moviéndose en todas direcciones. Se cae algo, es grande…una vaca. El ganado era una hecatombe, se habían llevado a cabo más mutilaciones, ahora sabíamos de donde provenían las atrocidades."

NOCHE 6

"Son las 8:55 pm. Hace cinco minutos el señor García ha decidido contarme lo que posiblemente sea la razón de todos estos avistamientos."

— "Fue hace siete años, mi esposa y yo nos despertamos al escuchar alborotos como los ocurridos estas noches. La luna estaba clarita y bien redonda, los perros ladrando al cielo. Vimos tres luces bajar cerca de los árboles. Le dije a mi esposa que se quedara en el campo pero no me hizo caso, me siguió y adentrándonos al accidente una luz nos cegó. Lo último que recuerdo es despertar en mi cama junto a mi esposa. Al pasar los meses algo curioso aconteció. A ella le empezaba a crecer la barriga, sin darnos cuenta y no pensamos en un descuido, de milagro había quedado embarazada. Como yo dudaba del milagro un día cogí mi escopeta y le volé el casco a un vecino que lo pillé mirándola con mucho agrado. Pero sucedió algo más extraordinario, no supimos cuando nació el hijo menor. Las luces llegaron y al otro día vimos al niño en medio de nuestra cama, dormido. Yo creo compañero Álvarez que el muchacho es una clase de mezcla, a él es al que quieren las luces".

AVISTAMIENTO 7

"3:00 am. Es espantoso, las luces se encuentran a casi veinte metros de mi distancia. Los señores García están pálidos, con ronchas en todo el cuerpo, muertos. El hijo mayor grita apuntando su escopeta a las luces, pero las balas traspasan sin hacer daño, él se acerca estirando su mano izquierda, parece un muerto vivo atontado. Tocó una de las esferas y ha caído muerto. Trato de agarrar al menor, una fuerza me está controlando que rara sensación, es como si un hilo entrara sin freno en medio de mi cabeza y al mismo tiempo un escalofrió asciende por toda mi nuca llegando al punto de unión con el hilo anterior. El niño García se aproxima a las esferas, abriéndose la delantera y algo que no puedo creer; han salido dos seres bajos, como niños, de piel grisácea, cabezones de ojos almendrados muy oscuros, seguidamente de un rayo luminoso […]"

>> Me hallé tirado en un campo, empecé a contar lo sucedido al caso y al saber que nadie me había creído pensaron que estaba loco y me trajeron hasta aquí. Llevo internado como dos meses Dra. No sé a dónde se llevaron al niño, solo espero que los seres de las esferas se hayan olvidado de mí y que el niño este bien.

— Pobre hombre…la historia nos muestra un paciente el cual ingreso hace treinta años al centro por presentar un tipo de esquizofrenia la cual lo llevó a realizar el asesinato de una familia, ha perdido la noción del tiempo — dijo la Doctora al pasante.

— Disculpe Doctora — musitó el joven — ¿Este caso…?

— Si, en efecto. Este caso salió hasta en los periódicos. Lo raro fue la desaparición del hijo menor. Su cuerpo no fue hallado y las autoridades de aquel tiempo achacaron el acto al señor Álvarez, seguramente asesino al niño y lo enterró por una de las montañas de la zona.

— Hay algo que no entiendo […] si fue hace cuarenta años… no puede ser, tiene que haber un error Doctora.

— Lo mismo he pensado muchacho […] Es impresionante, ¿cierto? él tiene treinta años de interno y sesenta de edad…pero parece un hombre de veinticinco años.

FIN

LA MUJER EN EL CRISTAL

Todos creían que estaba loca, posiblemente tuvieron razón, debí tener mis momentos de locura entre tanta cordura que ellos fingían tener. ¡Aaaah! Pero cuando desaparecieron cayendo uno por uno ahí sí aceptaron que yo no había enloquecido, ni me volví histérica o paranoica. Yo misma llegué a pensar estar loca, me consideré esquizofrénica alcanzando los límites de nacer psicótica. Jamás estuve en paz desde que trajeron esta pieza hermosa con formas abstractas de retorcido oro fino dando un autorretrato al que se asome en el pulido cristal.

Recuerdo de niña escuchar voces agudas, cantos melancólicos, metálicos susurros, infernales respiros helando mi piel. Tactos intangibles provocaban ideas hacia seres fantásticos provenientes de ultratumba. Cada velorio y entierro ocultan lo ulterior. Son personificados por estos ocupantes que reposan ante el día, pero en la noche se dan parrafadas, festejos, carnavales insaciables, son los otros hijos amados de la luna. Compartí danzas con los espíritus burlones, jugué diferentes tipos de divertimentos que son desconocidos para los vivos, entonando canciones espectrales capaces de llamar a los demonios, incluyendo los coqueteos con la muerte.

Lo sé debido a sus visitas en mí habitación, me invitaron a muchas fiestas del más allá y yo complacida acudí a casi todas. Pero nunca, en absoluto, sentí tanto terror cuando conocí al corrompido espíritu que vive dentro del cristal. Era una mujer delicada, cabello negro, fina en su figura algo desencajada arriba, su rostro cada vez que se movía para mirarme se tergiversaba. Poseía el toque mórbido ancestral del abismo, oscuras trémulas, la sonrisa larga sin casi piel, mitad hueso y mitad pellejo. Le fascinaba conversar conmigo por las noches incluyendo los días, fui muy solitaria porque prefería pasar el tiempo con mis sombríos amigos. Las horas transcurrían sin notar, mis padres no me prestaban mucha atención y para mis hermanos mayores yo representaba la locura en carne, excepto para la habitante del espejo. Prontamente ella deseó compartir más ratos conmigo, y lo logró. Pudo salir de este cristal con la condición de tenerme cerca. Me alejé de aquellos espectros, fantasmales sirvientes de la oscuridad, para caer en algo peor sin poder lamentarlo hasta ahora. Varias veces me encontraron chachareando frente al cristal, ellos se asomaban sin poder verla, ella muy mona sonreía burlándose, salía a medio espejo pasándoles su larga lengua por los cachetes. Yo les decía que ella salía por las noches, en serio, escapaba la mujer en el cristal. Él no la contenía, la aburría y llevaba consigo las marcas inquietas de almas ardiendo, ustedes lo saben, claman produciendo un silbido delicado en el interior de la mente yéndose poco a poco, descendiendo cuando en realidad es el hilo de la maldad poseyendo tu cuerpo.

Mi nueva amiga no pudo ocultar su naturaleza, le fue imposible guardarla el tiempo necesario tratando de convencerme en los juegos, charlas, tiempo compartido totalmente comprado al ser abominable, vigilante de aquel durmiente, él presume acosar a los que despiertan en media noche y no ven a nadie. Una desventurada ocasión tuve esta sensación de incomodidad, yo sabía quién era, pero la curiosidad me llevo a asomarme por el pulido cristal, sorpresa fue no encontrarla a ella, sino a mi reflejo. Salí corriendo asustada, se escuchó un ruido del cuarto de mi hermano mayor y ahí lo encontramos todos, con un cuchillo clavado en medio de su cabeza, los ojos fijos, el cuerpo frio perdido en el trance mortal.

La noche no termino nada bien, él no fue el único al que decidió llevarse. Mi otro hermano con la almohada encima de su rostro disfrutó el último beneficio del espíritu, al levantar la almohada ni muerto podía ver, sus ojos habían sido arrancados. Horrorizados llegaron mis padres a la escena luego de haber gritado como bestia a punto de llegarle la hora, oliendo el miedo, resignándose al dolor. No creyeron en mi palabra, siempre pensé que valía nada pronunciar, expresar verbos y conjugar emociones. No pueden negarlo, yo les dije quién había sido, la mujer, ella, la diabólica figura, besé al rechazó y me tildaron de loca, ella los escuchó, llenándose de odio. Nuestra amistad ya no podía continuar, por su culpa mis hermanos se habían ido de la manera más vil y cruel. Tomé un martillo, golpe con golpe destrocé el cristal, así ella estaba condenada al encierro total. Fui a tratar de dormir, pero un susurro frío, el aliento de cadáver me llamaba. Me dirigí al cuarto de mis progenitores y dejé escapar un chillido ahogado, ambos estaban ahorcados al borde de la cama, el cuello de mi padre había sido adornado con cortes y encajes profundos de navaja recorriéndoles mejillas, labios y cuello. Mi madre con dos cuchillos encima, uno atravesándole desde la lengua hasta la parte superior de la cabeza y el otro al contrario. Mis pasos dieron directo al perverso ente, el reflejo lo mostraba, se me hizo imposible reconocerlo. Su calavera imagen engañó a mi inocencia, no fue una mujer sino mi reflejo acostumbrado a la dama de capa negra, de la que todos huyen sin impedirlo, y muchos se acercan victoriosos. El doble fantasmagórico sacó sus repulsivas y huesudas manos arrastrándome al interior del cristal, de donde aún no he podido escapar.

FIN

RATAS

Humanos, nos consideramos de esta especie por nacer con características genómicas bastante específicas. Tendemos a la sobrevaloración, conformismo a la vez inconforme, superioridad, poder de humillar a nuestros congéneres y la cosa más abominable que pueda crecer y nutrirse en la mente menos adecuada […] la autodestrucción. Tranquilos, no somos los únicos que alcanzamos el nivel de misantropía. También en los otros reinos prevalece esta cualidad, ya sea por dominio, quizás ansias insoportables de escases. Una de las normas de supervivencia entre las especies es el que cae queda, pero, otros aprovechan y el caído se vuelve parte del resto. Parece repulsivo, la realidad es que somos una creación repugnante. Estos pensamientos fueron la gnosis superior, las cuales alcanzaron el limbo en mi cerebro, me considero perteneciente a otra especie viviendo entre otra especie.

La idea de la misantropía reinando en otros reinos vino a mí años atrás queriéndome deshacer de unos seres asquerosos, repulsivos en toda su forma, chillones y sucios. Tomé un pedazo de cartón, sobre él apliqué una buena capa de pegamento y justo en medio un pedazo de queso. El aroma fue la tentación perfecta para los fastidiosos moradores, invasores, invitados sin permiso. A la hora de la media noche la trampa seguía intacta, pero en la madrugada pude agudizar mis sentidos, volviéndome frágil al miedo. Cuchicheos, chillidos de dolor como un acongojado derramando lágrimas de auxilio. A la mañana siguiente quedé estupefacto, en medio del cartón había un bodrio de huesos, pelos, una pata y sangre, el resto había desaparecido incluyendo el trozo de queso. Brotaron raíces finas, largas y algunas gruesas que se entrelazaron profundamente en el cerebro, atormentando y llenándome de huroneo, llegando al trance de la duda desarrollé la mala costumbre de dedos cuenta moneda, jugosa sensación al dudar.

Por la noche llevé a cabo el mismo proceso, esta vez queriendo experimentar. Estaba seguro que atraparía al malhechor, tomé una linterna y la coloqué sobre la mesa de noche. Volví a escuchar los chillidos, levantándome de un brinco, no salía del asombro cuando encendí la linterna. La luz copiosa como la luna llena, mostró que el origen de los chillidos provenían de una rata provocados por otra más grande, devorándola. Grité aterrorizado, desaprobándolo. Era el colmo, especies devorándose entre ellas mismas, aprovechando la trampa, no me quedó de otra que aplastar a la media viva para darle paz. Los dorados rayos del Sol incendiaron mi visión dejándome ciego por un momento hasta acostumbrarme mediante el mecanismo de acomodación, como el blanco al negro la vista se adapta si hay luz o reine la noche. Extrañeza, correcto, extrañeza. La rata gigante se hallaba encima de la cama, mirándome con ojos oscuros, pétreos totalmente inmóvil, parecía analizarme. Se alzó en dos patas moviendo su nariz, conociendo mi estado por medio del olfato. Caminó en esta posición moviendo las patas delanteras tratando de comunicarse seguido de chillidos y musitas. Creí estar perturbado, ya la mente se había tornado atrofiada sorprendiéndome dizque ver a la rata calva queriendo dialogar, desarrollar un verdadero coloquio, dando impresión de regaño. La sinvergüenza señalaba varias veces al cartón con pegamento donde aún existía el grotesco cadáver. Me levanté para irme a trabajar, no iba a caer en el juego mental de la locura, prefiera hacerme el loco afuera, pero nunca en mi casa.

De regreso la rata me esperó en todo el pasillo, refutando. Vociferé propinando insultos que hicieron callarla. Se acercó y mirando mis manos, dejé caer una para elevarla al nivel de mi rostro. Volvió a chillar aunque suavemente respetuosa, ocurrió algo maravilloso, había pasado todo el día desentramando y llegué a comprenderla. Entendía sus musitas y chillidos […] se desvirtuaron en palabras. Totalmente loco en la totalidad de la casa, conversaba con la rata calva, me dijo que se llamaba Saccas y era la dueña de la casa, estuve en desacuerdo, lógicamente él único amo y señor de la casa debía ser yo. Pero me demostró en muchas ocasiones ser ella, jugábamos al escondite, deslazar enredos en hilos incluso superdotada para el ajedrez. Saccas ganó tantas veces, no me quedó de otra que dejarle el mando. Se comportó de manera odiosa, sarcástica llegando a la brutalidad imponiendo su liderazgo, no aceptaba ningún otro ser invasor, solo ella y yo. Fue injusta, no lo toleraba, ¿Quién traía la comida, pagaba las cuentas, salía a trabajar, administraba los gastos? Colosal rata gris, al final una simple rata. Volví a la posición cuenta monedas determinando aceptar inquilinos. Toda rata de tamaño, color de pelo sin importar ojos rojos, negros o pétreos como los de Saccas.

La rata gigante se convirtió en la propia reina de un imperio sometido a la tiranía. Se comía y bebía cuando ella lo permitiese, devoraba a un grupo diario de pequeñas ratas, y no perdonó parte de mis dedos cuando yo tratando de impedir las masacres se amotinaba sobre mí. El reino llego al grado de plaga, no se podía mover en todo el lugar, incluso obligó a despojarme de mis vestimentas, sí he de estar vivo debía ser con lo que atase a la soga de la naturaleza. Saccas irrumpió la habitación principal donde se deslizó un día apoderándose de todo, expropiándome el derecho a lo que me costó construir, arrinconándome en una esquina cercana a la puerta de salida, la rata calva se había convertido en gran parte, humana. En el pasar de los días todos en mi trabajo notaron mi cambio hacia las preferencias en la alimentación. Me conformaba hasta con migajas ya que no necesitaba satisfacerme en totalidad sabiendo lo llenos en cantidad pero pocos en saciedad, no fue una tarea sencilla el mantenerme con la casa hecha una madriguera gobernada por Saccas. Ansiosa, furiosa y tiránica serían las características propiamente dichas de mi roedor amigo.

Recuerdo en ciertas ocasiones ser acosado por felinos multicolores, ellos me perseguían en persona así de modo sonámbulo, en ciertas ocasiones sufro de un insomnio terrible en otros son simples episodios de sonambulismo. Podía olfatearlos, temerles sin duda alguna ya que algo en su interior me incrementaba las ganas de salir corriendo totalmente aterrado queriendo orinar mis pantalones (en el caso de estar en mi trabajo). Por supuesto que debía trabajar, la misma Saccas me lo permitió con la condición de traer provisiones a la casa, pero, cuando mi puerta principal se cerrase tras mis espaldas ya estas tenían (como ley suprema) que estar decorando el suelo. Si no lo hacía yo, lo llevaban a cabo el resto de las ratas. Le tenían en sobremanera un pánico a Saccas, quizá fobia a la reina de las ratas humanas.

Ahora bien, los gatos se abalanzaban sobre mí de vez en cuando avisando con bufidos, maullidos delirantes dispuestos a propinar un ataque certero. Otras ocasiones sólo corrían con ínfulas de acoso y ciertos tropiezos llenos de miradas profundas como viendo mi verdadera esencia misántropa, ellos cuales clarividentes de ambos mundos podían entender mi condición existencial, yo en lo más profundo de la conglomeración física y espiritual había sido formado como un hombre, por supuesto…aunque mi esencia primaria estuvo inclinada a ser un buen roedor. Las horas transcurrían en la casa como si no existiera tiempo fijo. Saccas pasaba la mayor parte del día encerrada en mi habitación, se escuchaban gemidos con chillidos atroces que, nos provocó horror debido a la inmundicia de los actos cometidos en ese cuarto. Si teníamos suerte podíamos comer como reyes y algunas veces un gato se convertía en un festín totalmente esplendido. Todo el tiempo perdido lo llené leyendo y releyendo los libros restantes en mi pequeña biblioteca. Las narrativas más exquisitas fueron perdonadas por mis hermanos y hermanas, incluso Saccas comprendía la necesidad de un pueblo que obtuviese el mérito del aprendizaje. Yo les doné gran parte de mi colección favorita de libros para servirles de madriguera. Ellos al menos rescataron un tumulto minúsculo de los considerados especiales. En los tiempos de Saccas les gustaba que les leyera por las noches, según sus propios chillidos les brindaba un relajamiento sumamente hipnótico la dulce, grave y pastosa voz alumbrando con palabras sus finos oídos.

Evoco un día el que me demostraron un gran aprecio. Yo venía regresando del trabajo como cronista (había olvidado mencionar mi profesión) cuando dos gatos oscuros, uno azabache y el otro renegrido, saltaron encima de mi encajando profundamente sus afilas garras derramando sin piedad mi pobre e inocente sangre. Corrí lo más que pude entre tanto las personas me miraban cual loco acaba de salir del psiquiátrico más miserable de este mundo. La salvación llegó a la vista cuando yacía cerca de la puerta de entrada tratando de tomar con las manos a las bestias peludas dándome un asco terrible gracias al terror abominable hacia estos espantos. Caí al borde de la alfombra de *Bienvenido* toda cubierta de inmundicia, la puerta se abrió y un rio de ratas salió aprisa para rescatarme del ataque. Llevándose consigo a los felinos, mis hermanos y hermanas estuvieron aguantando algunos días sin comer, destrozaron cada pelo, piel y órgano, saciando su famélico sufrimiento con estos demonios de garras peludas, ni la sangre quedó como evidencia del crimen. A salvo y dándole la buenaventura a mis verdaderos congéneres, Saccas salió furiosa del cuarto. Me miró desaprobando ese drama cobarde y salto sobre mis libros deshojándolos, dándose ella un banquete de rey con todo el conocimiento al cual calificó de blando para una rata en proceso como yo.

Al día siguiente desperté temprano dando sutiles pasos impidiendo levantar a la familia, tocando mi rostro lo sentí diferente. Miré sobre el espejo del baño donde encontré un cambio magistral: finura, muecas, nuevas mañas, delicados pelos escapaban de la proporción nasal. El labio inferior sangraba, ya que los incisivos sobresalían, mis ojos muy oscuros […] pétreos […] ojos de rata.

La puerta retumbó estruendosamente como si un cañón hubiese disparado sobre almas inocentes, ese sonido hasta los ángeles lo escuchan, lo lloran. Empecé a chillar al mismo tiempo con Saccas, sus ojos eran menos oscuros que los míos, me abalancé sobre ella tomándola con aquellas manos de amistad mutiladas, corrompidas por el odio y de un dentellear la rata calva agotó sus chillidos. Desde eso momento hemos estado en paz, la rata humana había sido suplantada por un humano rata.

FIN

MI ENCUENTRO CON EL MINOTAURO

A lo lejos en la ribera más cercana al Egeo, muchos visitantes miran con cierta curiosidad en dirección al poniente. Algunos comienzan regalándole la vista al cielo, otros no muy equivocados a la intención de los anteriores, inician desde un punto de partida cubierto de misterios, ondulante, de persistentes movimientos, podría decirse que vivo, quizás, faltándole la cualidad del parlamento. No dudo de su capacidad para evocar, resguardar almas vivas y ocultar puertas con caminos directos a la perdición.

Justo aquí, en el punto fijo donde el antiguo rey decidió borracho en melancolía, entregarle sus respiros a Poseidón en vez de a Hades. Dicho rey, no puede ser otro sin duda, el mismo padre del derrocador estrambótico en facultad, el cual aniquiló sin entendimiento a un ser dulce, límpido, más puro que la nube del medio día. Yo estoy convencido de todo esto gracias a la buenaventura del Grande, por permitir un encuentro abrumador, lleno de secretos perdidos en el tiempo. Donde aquel joven aniquilador, hizo un sacrificio por ignorancia.

Si desconoces la historia amigo lector, permíteme esforzar un poco el efímero rayo de energía, atravesando mi sapiencia, para estimular una puerta de fácil acceso. Toma mi mano, estréchala con mis palabras, yo te guiaré cual Virgilio de Dante lo llevó por la hecatombe magistral de los infiernos. Quiero darte la bienvenida al recóndito secreto, del laberinto verdadero.

Si bien, la historia se centró en el acto heroico de Teseo, acabando con el respiro profundo de Asterión, encajando su espada de bronce en el pecho y no obstante, como esgrimista experto en el arte de asesinar, usó los antiguos conocimientos de la tauromaquia, para darle un fenecimiento lo bastante optimo, acorde a la sinfónica pieza en la cual Asterión, alias: El Minotauro, llevaba sin saberlo, la batuta de la destrucción. Ya sin el monstruo de la locura del laberinto, no queda otra cosa. Los rincones, escalinatas, cisternas y múltiples pasadizos quedaron tristemente solos. Ningún león ansioso o capullo de rosa, entraría en cuestión de hacerse parte del profundo acto bélico, con respecto al sacrificio. Ni tampoco el visaje del hermoso reflejo de Ariadna, retornó al menos, para llorar a su Quasimodo hermano.

El héroe Ateniense dijo tantas mentiras, posiblemente superadas sobre la realidad del amorfo ser, incluso todo el engaño alrededor del sitio. Es decir, El malvado Minotauro; y el inaccesible escape por su habitación, el hogar de antaño, su resguardo…el laberinto.

Años pasaron atravesando la Tierra en las zonas habitadas y despobladas de la creación, se ahogaron del culto pagano a este mito. El hombre cuya mano dejó exánime a una bestia sedienta de sangre pura. Llegando al centro de las encrucijadas, donde las sombras pierden el tiempo haciendo el amor y la luz es distante, debido a la poca verdad de esta realidad.

Aquí es donde pido permiso para develar el secreto. Yo mismo, inclino mi cabeza sin sentir orgullo, ni rencor. Conociendo el misterio más abrumador de la Esfinge y la pirámide de Keops. También me topé con la triste y fuerte verdad, detrás de este telón oscuro, por las manos de la mentira.

En una noche alejándome de mis acosadores, los cuales replicaban una profunda y sincera verdad que no pude darle buen ojo a su primera impresión. Me adentré sin intención por una puerta vasta, longeva llena de verdades. En el momento no supe donde mi ánima se hallaba viajando. Pensé haber salido a pasear como siempre pero, recordé el hecho de ser acosado, por lo tanto debía estar muy despierto, atento y sigiloso, como un gato tuerto. Lo primero en notar fue un pasillo amplio, cubierto en su totalidad por piedras enormes, me refiero a la longitud, no se veían gruesas sino largas y sin espacio, una total figura arquitectónica en perfección. Luego mis pasos en pleno nocturnal, descendieron un tanto por la forma de escalones en la noche de un eclipse. No había duda, la maquina maravillosa de mi cuerpo bajaba a un averno olvidado por las arenas, a través de no una, sino cientos de escaleras. Era la mezcla homogénea y continúa de pasajes y escalinatas, una por aquí otra por allá, transmutándose en círculos concéntricos, a veces en caracol, otras rectas haciendo sentir al cuerpo completamente confuso. A partir de entonces mi psique convulsionó, no podía diferenciar de si caminaba en sentido normal o contra atmosférico. Lo más probable, era la falta de alimentos, estoy mintiendo ahora, fue la falta de luz, la escasa verdad.

Tardé como un día entero en poder tropezar con los restos de una cosa, verdaderamente qué cosa.

Los huesos en reposo de una abominación, se recostaban en medio de este pasillo. Había dicho "un día entero" son ideas mías, el día lo tomé por cuenta propia y no por guía solar. Es lógico, ¿no? Sin la luz, sólo un eclipse perpetuo, no podía saber la hora a menos que, la llevase en la mente. Ahora bien, retrocediendo a la pieza en suplicio. Poseía unos aspectos extraños, con los ojos cerrados pude verlo, deslizando las palmas de mis manos, cree al ser en medio de una pintura flotante, sin colores, ni sentidos. Su cuerpo era humano, pero ya alcanzando la nuca, los huesos correspondientes no parecían de hombre, más bien robustos. El pobre malformado, si debió ser feo. A partir de allí, su cabeza descendía de la estirpe bovina, si lector, una cabeza de toro.

El hibrido esquelético me sorprendió, El Minotauro estaba siendo tocado por mis manos, cada yema de mis dedos besó la ahora mitológica e insignificante apariencia física de Asterión, el príncipe. Con el corazón acelerado y la respiración sofocante, aparté mis ápices del casto endriago. Tan pronto logré controlar a mi alma, abrí mis ojos pensando en que ellos también lograsen adaptarse a las penumbras en aquel valle mortífero donde cientos de jóvenes perdieron la vida ante la ignorancia. Creí tener la mirada al suelo, en dirección sur a la cabeza del amorfo, cuando un rayo cruzado entre la luz y oscuridad inmoló a mi facultad del habla. Un vapor sutil, fresco, hacia pesado al lugar. El espíritu de Asterión estaba frente a mi alma.

No hizo otra cosa, más que mirar su propio esqueleto. Con tristeza, lo acariciaba y daba la impresión de estarle corriendo unas gotas de amargo llanto. Había sentido y razón de por medio. Lloraba no por su muerte, ni su teratógeno aspecto, desbordaba un mar, gracias al abandono, ocasionado por las mentiras, blasfemias y secretos ocultos que vivían en las mentes del pueblo.

La sorpresa más grande realza lo majestuoso del Minotauro. Usufructuaba el arte fino de la palabra. Increíble, aquel monstruo del cual, el bardo argentino detalló su casa y a medias su pensamiento, no logró encajar la verdadera fascinación del príncipe. Asterión sabía pronunciar de manera delicada, galana, fina y señorial. La cuestión yacía en su forma física, gracias a su mezcla heterogénea. Una criatura mitad hombre abajo, con cuello y cabeza de toro no podía hablar, entonar o tararear en otra manera. Pies humanos caminan con pasos de humano, pero él no los tenía, un tope coronado con cornúpetas no lograba ser entendido en nuestro lenguaje. Hablaba conforme a su naturaleza, cabeza de toro departía, entonaba y cantaba como un buen toro. Pero, ahora siendo un espectro, un espíritu conservador, llevaba a cabo todas las conversaciones sin querer acabarlas, ni aburriendo con cualquier tópico.

Asombrosamente conversaba muy sereno, llenando al fin las ansias de conseguir a otro Asterión. Lo único diferente, el que yo no fuese un verdadero Minotauro en mi aspecto físico. Resulta y acontece lo siguiente, en el fondo, no en mi corazón, más bien en mi mente donde esta resguarda la verdadera intención del creador, ahí es donde sí me hallé a mí mismo, juzgándome como un toro. Tuve mucho miedo, a ver, ¿Quién podría resistir la guía de un ente tan peculiar? Podía ser amable, educado, pero monstruo al final. Insistió decenas de veces en mostrarme su cuarto favorito, ¡Ja, ja, ja! Resultó ser la biblioteca.

El Minotauro si sabía leer, hasta me superaba, claro pensaras "Obviamente, no había luz para leer" y te equivocas lector. Asterión conocía bien su casa, como un excelente pastor conoce a sus ovejas. Todo estuvo bajo sombras y en un tris, se hizo la luz en el laberinto. No sé cómo, sin embargo, él lo logró, el Sol brillaba en el hogar.

Continuando dentro de la biblioteca, él me explicó todos los secretos más ocultos; y yo a cambio le mostré el único que él desconocía. Ese mismo, el de la Esfinge, el cuarto perfecto donde debe reposar el Hombre de las Montañas, nombrador de todas las especies.

Quedó complacido y sumamente conmovido. No lo podía creer. Meditó un rato y dejando escapar unos hilos de susurro decidió contarme la verdadera historia de su azar.

Este hogar, bañado en piedras. Forjado en pasajes asesinos y fosas compuestas por cientos de alfileres atravesando cuerpos de almas extintas, posee un don magnifico. Muchos culpan a Asterión de ser un homicida, una bestia loca e inculta, blasfemias. Crean una figura de acuerdo a su propio reflejo. Mi asesino Teseo lo creyó así; y no lo culpo. El verdadero fratricida es el laberinto, no es un ser vivo claro está, él es la reverberación de la mente. Cada pasillo, fosa, cisterna y galería cubierta en la muerte, es tu mente dándote tu propia manera de actuar. Todos esos cuerpos no cayeron ni se desvanecieron por mi culpa, ¡No! ellos se arrancaron el alma con sus dientes, manos y espadas. Empujándose sobre los alfileres para derramar su sangre y creyendo que fui yo, pero no.

Al contrario, yo salía corriendo para hacerlos entrar en razón y no podía. Mi voz era inentendible para los míseros. Ya cuando no soportaban las heridas, no me quedaba otra opción más noble, debía convertirme en un criminal de vidas para ayudarles a descansar. No lo entendía al principio, ellos lograban entrar y mis gritos, para sus oídos eran rugidos, en realidad significaban *"Huyan de aquí pobres inocentes, ignorantes, hijos de la mentira o morirán por sus propias manos"*. Incluso, Teseo, posando como un galardonado héroe había logrado enloquecer aquí dentro. Yo corría por todos lados, conociendo a la perfección este hogar, y él no dejaba de perseguirme. Tuve la osadía de fingir enfrentarlo con todo el terror recorriendo mi ser. Cuando alzó su mano, vi una espada de bronce, refulgente y caí al suelo, donde me hallaste. ¿Ahora lo entiendes joven, hijo del pueblo? Yo no era el malo, un monstruo quizás, pero no malo. El laberinto de la mente humana si lo es, te engaña con pasajes de mentira, te oculta misterios en cisternas de arena y desea hacerte caer en picada, directo a un mortífero alfiler. Si eso no funciona, tratará de aniquilar tu alma por medio de otra alma humana. Podrás creer que este laberinto es infinito, aunque no pasa del tamaño de un campo Olímpico, desbordado en escaleras donde subes y bajas sin notar a la misma escalera, con una piedra para tropezar.

En cambio, a mí, él no me transmuta porque somos de la misma raza, yo mal formado; y el deforme. No posee la capacidad de hacerme enloquecer.

Ven aquí, ¿Ves, este hilo dorado? Es el mismo de mi hermana Ariadna, la princesa que, me visitaba y en el lecho de mi muerte no hallé su mirada. Es el hilo que te llevara a la verdad, a las afueras de mi hogar.

Recuerda, el laberinto es digno de reflejar a la mente humana y sus engaños, pero si un hilo dorado, brillante en rectitud y verdad atraviesa tu cabeza con sensata madurez, podrás encontrar el camino del Sol. Mientras, yo seguiré llorando por mi cuerpo, por aquellos que no lo hicieron en su momento justo.

FIN

FRENTE Al BINOCULAR

Llevamos tres meses en esta isla aparentemente despoblada. Somos la puesta en escenas de dos náufragos sufriendo diferentes tipos de torturas inexplorables para una cierta cantidad de seres humanos. Hemos alcanzado los límites de no sentirnos humanos. Anoche precisamente, sentí las ganas diabólicas de querer asesinar a mi gemelo por culpa de esta hambre maldita. En este momento él me está mirando con la misma motivación, estoy seguro, puedo oírle dentro de mi cabeza disgregándola en una colección variable de múltiples palabras sin sentido. Los mínimos ruidos capaces de ser entendibles son las palabras: Hambre, comida, isla, cantos y matar. Creo que, él también puede oír mis metafóricos susurros viajantes en el inverosímil mundo donde habita mi mente: Hambre, comida, isla, cantos y matar. A lo largo de esta travesía cuyos eventos desafortunados nos desviaron del camino recto guiado por Dios […] Ya hacía muchos días sin recordar ese apodo del Padre. No podemos dar la hora con exactitud, pero deben ser menos de las tres de la tarde, gracias al reloj de arena en medio de nuestros pies estirados. El Sol gobierna la isla agotando las reservas corporales de agua, sabemos que, no podemos arriesgarnos a tratar de consumir el contenido de la playa, terminaríamos enloqueciendo más del fatídico estado demente, glorioso y doloroso en el que hemos caído.

Él…mi hermano, sabe las nulas posibilidades de supervivencia para con nuestros cuerpos. La palabra apetito se ha vuelto insignificante para la fuerza bestial que domina mi ser, incluyendo el demonio perverso haciendo de titiritero para el alma de Luis Escobar (mi gemelo). Sus ojos han vuelto a clavarse encima de mi muslo derecho, su lengua recorre la comisura de los labios casi creyendo estar saboreando mi carne. Yo estoy seguro que, hoy lo ceno a él, mejor me adelanto yo por amor a él. Luis no sería capaz de soportar el hecho de haberse convertido en el asesino de su hermano, ser el gemelo mayor me da el derecho de protegerlo e impedirle tomar esa copa tan amarga y ácida a la vez. Primero se extirpa el corazón y se lo dona a algún animal de nuestras alucinaciones, luego se puede matar.

— Luis…— dije.

— ¿Qué Pedro? — respondió sin dejar de mirarme el muslo.

— ¿Tienes hambre, cierto?

— Si, hermano. Ya no puedo, aguantar por mucho tiempo — dijo sin apartarme la mirada.

— ¿Te provoca comerte, mi muslo?

— ¿Cómo lo supiste? — descendió su mano izquierda para estrechar la palma con la arena blanca — ¿Me leíste la mente, otra vez?

— Por supuesto — me llevé una mano para protegerme de las flechas del Sol — Pero…no hace falta. Llevas rato mirando mi pierna.

— Discúlpame, Pedro — abrió un poco los bordes digitales para extender su mano en casi su totalidad posible. Lo cerró con velocidad y lentamente se llevó un puño de arena al interior de la boca, masticando con mayor lentitud.

>> Sospecho…es más, tengo la certeza de que, tú me quieres comer por entero — dijo luego de terminar su bocado.

— Lograste entrar a mi mente. Te lo dije ayer, sabía que podrías. Siempre tuviste tus dones.

— Recuerdo tus palabras... — apartó la mirada de mi extremidad — Pedro… ¿Cómo llegamos aquí? – preguntó con gesto de niño.

— Luis, ya te lo he dicho tres veces hoy, hermanito.

>> Ven acércate, todavía no he de comerte. Yo te vuelvo a contar nuestra triste desventura.

Hace más de tres meses habíamos llegado de realizar una de las mejores exploraciones de nuestras vidas. Nuestros pies se lograron deslizar por la vasta tierra de Amazonas y coronamos el Auyantepui días siguientes. Luego tropezamos con unos exploradores muy parecidos a nosotros en lo que, llamamos sentido del riesgo. Eran una pareja formidable. El hombre alto aunque más espigado que tú, podía trepar con dificultad. Mientras tanto ella, su esposa, no tenía la suficiente resistencia como para evitar consumir tanta agua. Sospecho que ya debió darse cuenta en el infierno sobre la bendición creciendo dentro del vientre, esa semillita hermosa cubre de alegría a cualquiera. Aun y con todo el odio que sentimos por ellos, se amaban con ternura y pasión. Ellos nos invitaron a adentrarnos en lo que preferimos: Un buen y profundo mar revestido en misterios inexplicables. Rondó la leyenda basada en hechos muy sostenibles que, una ciudad oculta bajo las aguas de Venezuela se mostraba dispuesta a servir como resguardo Cancerbero sobre las ruinas de otra más antigua. No se sabe cómo, sin embargo, lo insondable del asunto nos llamó la atención; y nosotros dispuesto para toda aventura relacionada a naufragios, tesoros, leyendas y las ciudades utópicas. Encontrar algo de la antigua Atlántida siempre ha sido nuestro delirio.

— Si Pedro…la Atlántida. ¡Aaah! Ya recordé — cambio el ánimo — Como casi todos, no encontramos a la ciudad perdida.

> > Con cuanto afán hemos perdido el tiempo en busca de la antigua ciudad. Recorrimos casi todos los extremos del planeta. Sospechamos de las Bermudas, sus orillas en el otro extremo y hasta al Triangulo del Dragón en él pacifico fuimos a parar.

— Exacto Luis. Los que han logrado verla de nuevo. Tienen dos opciones: No regresan o están amarrados en un psiquiátrico.

Al estar cruzando lo necesario para comenzar a explorar dentro del mar. Vimos unos rastros de pura roca. El mar tranquilo al entrar pero agitado desproporcionado en furia. Las nubes blancuzcas miraban nuestros cuerpos con colores grises y sed de muerte. Vientos quiméricos querían arrastrarnos cuales brumas van y no retornan en el mar si no que, mueren como nosotros al tocar tierra.

El dueto miserable tuvo la brillante idea de aligerar la carga lanzándonos al mar sin importarles nuestro agotamiento y destino. Confiamos en los tiburones, ellos no atacan solo por hambre, en cambio nuestra especie llega a anhelar con intensidad el deseo de ver derramar la sangre de sus congéneres. Damos lástima ante el universo. Otras razas deben ser más generosas.

Quedamos a merced del tormentoso demonio marino. Nos revolcó una y otra vez sin cesar la agonía. Llegamos a perder la esperanza cuando de pronto…despertamos en tierra firme. La arena servía de lecho placentero a cambio del convulsivo trauma acuoso. El suelo no ha cambiado, ni lo hará. Sigue siendo tan blanco como al abrir los ojos; y su sabor idéntico en cada bocado. Hicimos lo mejor que sabemos hacer; explorar. Somos aventureros Luis. Dimos gracias a Dios porque los koalas bien aferrados a nuestra cintura llevaban dos botellas de agua en su interior. Vimos directo al verdor a nuestras espaldas. Tuvimos la precaución de contar un cierto número de cocos perfectamente formados en ciertas palmas, con ellos y el agua podríamos sobrevivir por un tiempo. Olvidamos revisar el bolsillo especial de mi koala donde reposó el radio, ¿Recuerdas el radio, Luis?

— Lo recuerdo hermano, traté de comérmelo anoche.

Cierto, menos mal que se había dañado porque si se hubiese descompuesto después de haberlo estrellado con tu piedra mascota te habría asesinado sin misericordia.

— Y el binocular Pedro, no te olvides que yo llevaba a salvo al binocular — dijo Luis sonriendo.

— ¡Ja, ja, ja! Al menos sirve para ver más cercanas a las estrellas.

Proseguimos caminando en el interior de esta selva inusual. De pronto empezamos a escuchar con atención una serie de ruidos. Era el sonido melodioso de diferentes instrumentos vivientes, las aves de la isla formaron un coro como entrada al sufrimiento. Preparamos unas trampas, típicos expertos en pasar hambre pero sabíamos que hacer. Primero devoramos a las aves con tu ayuda y debo darte la merced por haber conseguido hacer fuego. Decidimos abrazar un tanto nuestro lado animal y apartamos a la razón. El desorden en ambos estómagos no dio tiempo a la espera del fuego, nos comimos crudas al resto de las emplumadas. Justiciable cada momento. Agua de coco para no fallecer por culpa del agua salada. Maldijimos a cada veinte minutos al mar, acordamos turnarnos para no caer en discusiones por quien lo ofendía mejor.

— Yo lo hice mejor — dijo Luis dando un suspiro extenso.

— No…yo — respondí.

— Terco. Que yo.

— No… ¡Yo! — elevé el tono de voz y levantando los parpados.

— Te dije que… ¡AAAAAAH! — antes de terminar su "yo". Le mordí el brazo izquierdo a Luis hasta hacerlo sangrar.

Me tomó lo más fuerte que pudo y me aparto gritando.

— ¡NOOOOOOO! ¡AUN NO TE DOY PERMISO, DE COMERME!

Nos calmamos y el retorno a la posición inicial fue casi inmediato. Di un suspiro degustando la sangre de Luis y proseguí.

A pesar de ser aventureros. No tardamos mucho para perder la razón en esta isla del demonio. Ya los pájaros no querían aterrizar en ella y los cocos se estaban acabando. No conseguíamos casi nada en la pesca y las horas pasaban con extrema lentitud. Luego escuchamos los cantos.

— ¿Dónde? — se preguntó Luis acelerado, su rostro pareció llenarse de pánico.

Empezó a incorporarse y a correr por el corto camino. Me levanté para lanzarlo al suelo y calmarlo bruscamente dándole un buen golpe con una piedra en la frente. Afortunadamente quedó aturdido y se levantó como si se hubiese tratado de un largo sueño, balbuceando.

— Los canto… ¿Escuchas los cantos?

Él parecía estar más enmascarado con mayor aspecto desquiciado que mi persona. Aunque estuvo en lo cierto. Los cantos volvían con mayor volumen.

Para entonces habían transcurrido dos meses y tres semanas. El reloj de arena que hice nos sirvió de guía y Luis tomó una vara para realizar un calendario. Vimos con premura la madera de las palmas y con unas pocas herramientas prehistóricas, no nos llevó mucho tiempo emprender la construcción de una balsa, al menos una parte de ella porque el resultado del esfuerzo físico agotó brutalmente a nuestro cerebro hirviendo por el calor.

En la noche retornaron los cantos y ambos despertamos conmocionados. Esa misma madrugada Luis había hecho su segundo intento en querer morder mi muslo, pero se lo impedí apretándole los testículos con intención perturbada. Al entrar la mañana tuvimos una inmensa visión la cual nos hizo creer el haber concluido nuestra fase del proceso psicótico. La composición de una columna de humo nos iluminó el rostro, aún más que los insoportables tactos del Sol.

Corrimos a la velocidad posible para no caer desmayados y despertar uno sin pierna o el otro manco.

Tristemente no habíamos sido los explorados tan aguerridos como en la última odisea. No nos adentramos menos de un cuarto de la isla ni encontrado el gran montículo de piedra que nos sirvió de pilar para observar de dónde provenía el humo.

Resulta que, la isla tenía una vecina. Metí mi mano derecha dentro del koala de Luis (siempre lo cargaba encima) y saqué al par más valioso en nuestra isla. Frente al binocular pudimos ver la masa arenosa contigua, estaba habitada por unos aborígenes bastante ortodoxos. Esta última semana vimos no menos de dos sacrificios humanos al día. El sacerdote degollaba a la víctima y le sacaba el corazón para arrojarlo a las llamas, continuando con la quema del cuerpo y lo más asombroso de todo…la ingestión del mismo. Seguían con ese coro de pesadilla. Gritos escapaban del tormento vecino llegando a nuestros horrorizados oídos. Si bien es cierto el hecho de habernos mordido el uno al otro pero…nunca tuvimos intención de comernos…hasta hace dos días. Acordamos ver todo el proceso por el cual llevaban a cabo esta muestra atroz. En la isla, los habitantes juntaban la madera, el sacerdote la bendecía cortando cierta parte de su pene mal trecho de tantas veces que, lo atravesó con finas puntas y cuchillos y piedras para esparcir su sangre agitándolo con movimientos similares a la higiene. Esperaban un rato en silencio mientras él cayera en trance; y tras la supuesta selección milagrosa de los dioses invisibles a los cuales creía ver en el cielo sostenía su vara especial hecha con huesos y partes de cráneos. Había escogido a la hija del jefe supremo y…la ceremonia se vio interrumpida.

No entendimos nada. Sólo nos colocamos el binocular. Frente a él pudimos detallar como la tribu se preparaba para una supuesta batalla. Armaban picos con varas de madera y piedra. Iban y venían implorando mientras se arrodillaban parte de la sangre bendita del sacerdote. Buscaban animales para poder confeccionar ropas protectoras. Practicaron agiles movimientos de combate. Todo mostró el simple hecho de estar en plena guerra.

Nos fuimos por un rato a tomar un coco para cada uno y regresamos tan pronto acabamos de comer la savia de este fruto dulce. Te comenté sobre la dirección en los ojos de aquellos salvajes. Directo a los nuestros tras el binocular. Alzaron sus lanzas y siguieron gritando un himno horroroso jamás escuchado. Entonces unos ruidos nuevos rondaban la cercanía. Dimos vuelta enseguida y no vimos a nadie…sabemos que hay alguien o algunos en esta isla.

— Ya recordé todo. Gracias Pedro.

— De nada hermanito.

De pronto se escuchó un crujido.

— Luis, cuando yo te de la señal corremos al montículo… ¡Ahora!

Fuimos a dar al maligno palco. La noche llegó sin aviso, las lumbreras gobernaban al firmamento cuando volví a mirar por el binocular el color rojizo del fuego proveniente de la otra isla. Mostró las sombras bárbaras de sus pobladores, hasta los picos de las lanzas logramos distinguir en media oscuridad. Le avisé a mi gemelo para darle su turno con el objeto revelador cuando los crujidos cambiaron a zancadas y nos caían encima unas manos hediondas y de extraño tacto. La isla donde estuvimos viviendo por casi tres meses no estaba inhabitada. Sus moradores eran idénticos en corrupción que, sus vecinos.

Vi con toda la combinación dolorosa del terror y la impotencia sirviéndome como un trago especial para el diablo, ante mis ojos llenos en lágrimas y mi boca cubierta con piel de animal. Cada proceso de la ceremonia. Detallé con tal precisión los decoros adecuados de cómo sacrificaron y se me habían adelantado en manducar a mi hermanito.

La única fortuna fue la de haber construido una media balsa con troncos y raíces junto a Luis. Estaba escasamente lista por faltar el lado en donde su cuerpo había de ocuparlo. Estos caníbales me perseguían y yo empujé lo más que pude la balsa hacia el agua. Lleno de rabia quería regresar para unirme a ser parte del festín y reunirme con mi hermano dentro de sus entrañas. Cuando me encontraron en el mar abierto, los tiburones cuidaban mi piel reseca, mi boca recibía la tortura de la insolación.

No quise ir a otro sitio sino directo a un manicomio. Entonces…Luis y yo habíamos enloquecido por los cantos de nuestra isla. Por los habitantes tras nuestras espaldas; y no por aquellas bestias frente al binocular.

FIN

CONVOCANDO AL ROUGAROU

A lo largo de la época más fría del año, las nubes se acercaban más a las montañas, eran grises y absolutamente tenebrosas desprovista de la luz del alba. Cubrían cada rincón del cielo dominando la tierra con sus estruendosos rayos que se extendían por doquier crujiendo en la cúspide de las rocas o en uno que otro árbol o estremeciendo los corazones de la población. El viento furioso parecía envidiar a los truenos y soplaba de una manera amenazante, fortuita y a la vez constante. Vivía en una casa modesta sobre la ladera más alta, provista de diferentes flores cuyo color se había desvanecido gracias al tiempo que había cambiado a su postura gélida. Puedo asegurar con franqueza lo sublime que era para mí aquel temporal, sin dudarlo, pero una serie de sucesos escalofriantes estaban atormentando a los lugareños. Cada uno tenía su versión bastante especial concluyendo en la misma escena mórbida; un ser grande de hedor a sudor a perro mojado devoraba la sangre y parte de la carne de la persona después de que se escuchan unos gritos más estridentes que los truenos salvajes del firmamento.

Mi esposo Edgar labraba la tierra en esa tarde nublada, trabajaba con premura para tener adelantado parte de la labor mientras yo disfrutaba del aroma del viento. Sabía que azotaba la montaña, tan sólo que las cosas macabras me enternecen. En ese momento llegó el Señor Pablo, el vecino montaña abajo, se veía nervioso.

— Oiga Edgar…y Usted no ve el ventarrón que está haciendo como para ponerse a labrar, va a perder todo el esfuerzo — en ese instante me adentré velozmente a la casa ya que vestía un camisón rosado de florecillas blancas sin ropa interior.

— No Pablo, prefiero continuar con esto y seguir hasta que se haga de noche.

— No vaya a dejar que se le haga la noche. Esta madrugada atacó el animal ese a uno de los hombres del pueblo, lo dejó sin una pierna y le arrancó parte de las costillas, hasta las asaduras les quedaron fuera — murmuró el Sr. Pablo, lo pude escuchar perfectamente. A decir verdad, mi sentido del oído se había tornado más agudo sin saber porque razón, debía estar enfermando.

— Tranquilo Pablo que si se llega a aparecer el bicho ese por aquí, lo estaré esperando con plomo caliente.

— No se confíe vecino. Este pendiente de su mujer no vaya a ser que también le dé por estar fuera a esas horas.

— Lo dudo mucho, Sinaí es cobarde, la gusta es recibir el viento en la cara pero nada que ver con la valentía. Si quiere hagamos lo siguiente, montemos unas trampas por si acaso, aunque dudo que se aparezca por acá.

>> Todo indica que al animal no le gusta subir hasta lo más alto, agarra a los más incautos que están solos.

— Venga a por las trampas, quien sabe y logramos cazarlo para que se acabe esta pesadilla — el Sr. Pablo salió corriendo, lo observaba desde la ventana.

El hombre bajo de escasa cabellera y los pocos pelos que le quedaban eran grises, de experiencia reflejada en su rostro, rechoncho, vestía una camisa de rayas celestes, chaqueta gris, pantalones beige y zapatos marrones llenos de barro, trajó unas piezas de hierro, redondas y con puntas oxidadas. Edgar ya había dejado de trabajar la tierra y se acomodó su cabello enmarañado de color azabache, su piel blanca estaba algo ruborosa esa tarde, ha de ser por el labrado. No usaba nada más que una franela roja y jeans azules todo descalzo. Cogió dos piezas, las abrió y colocó en sitios distantes del terreno. Al estar todo puesto, el Sr. Pablo se dirigió a Edgar.

— ¡Listo! Ahora estamos más seguros voy por la escopeta, la cargo y dejo las municiones cerca. ¿Tiene para recargar?

— Lo suficiente como para acabar con el monstruo — respondió Edgar confiado de su habilidad para disparar.

\>> ¡Sinaí, ven un momento por favor!

Al salir de la casa el cielo ya no era gris sino negro como la muerte. El viento se desvaneció y quedo un olor a incertidumbre. Se veía a lo lejos como se encendían las luces de los vecinos alrededor de las montañas, la gente se estaba preparando para la llegada del asesino.

— Mi amor, hoy vamos a tratar de no dormir para estar atentos. Creo que esta noche vamos a atrapar a ese ser vivo o muerto. Ojalá sea muerto — no pronuncié palabra alguna, siquiera asentí volviendo al interior de la casa.

— ¡Ya me voy Edgar! — Exclamó el Sr. Pablo — Nos vemos al amanecer — terminó diciendo, su figura se perdía en la oscuridad.

Al volver a la cocina monté una olla de agua hirviendo con unas hierbas para calmarle los nervios a Edgar, un hombre paciente sí, pero el miedo anda en vivos. Saqué unas tazas de petrel para servir el té.

— Toma, esto te va relajar un poco — dije con dulzura.

— Tu siempre tan considerada Sinaí — agarró la taza y me plasmó un beso cálido en los labios, sonriendo.

Pasamos un rato fuera, Edgar con la escopeta cerca y yo sentada a su lado derecho. Volví a la cocina para servirle otra taza de té bien caliente así no le pegaría el sereno. Le di la taza y al ir por la mitad, se quedó dormido. Lo miré por varios segundos y entré a la casa para buscar unas cosas. Al salir con una mochila marrón vi como la luz de los vecinos huía de la noche, una por una hasta dejar al terror dentro de cada hogar de las montañas. La brisa regresaba sutil y tocó mi rostro como nunca antes. Avancé por el terreno cuidadosamente, recordaba las trampas para oso dispersas, rocé una por descuido y al activarse su ruido se extendió hasta la casa del Sr. Pablo quien enseguida disparó su arma en dirección a mi fallando cerca de mi cabeza, dio aviso a mi marido quien reposaba placido en la silla, el primero al no notar movimiento o ruido de escopeta, ni un grito de Edgar, se calmó y pidió a su esposa y sus dos hijos meterse a su hogar.

Procuré avanzar con sigilo estando en pies descalzos, debía apurarme, el tiempo se acababa y la luna no tardaría en darse a conocer. Bajeé la ladera y seguía descendiendo la montaña para llegar al lago lleno por el agua que caía desde una catarata. El aire frio recorría mi espalda, erizaba mis escasos vellos. Coloqué la mochila cerca de una roca a la orilla del lago, iba al lugar cada cierto tiempo. Abrí el bolso, saqué de su contenido unas velas, unas hierbas aromatizantes, ramas de palma y un coco con caracolas pequeñas incrustadas, le daban un aspecto de rostro. Solía acudir a ese sitio varias veces para tratar de calmar al espíritu que asechaba al pueblo pero todo había sido inútil hasta entonces. Alisté cada elemento encima de la fría roca, grande, de asiento medio plano. Coloqué parte de las ramas de palma, amarrándolas, dándole forma de apoyo, posé la "cabeza" de coco con las caracolas en él, llevaba una caja con fósforos dentro saqué las velas y las encendí alrededor del coco. Introduje la mano nuevamente en la mochila para sacar un puro de tabaco, la punta rojiza seducía a la penumbra expulsando mis bocanadas de humo. El resto de las hojas de palma las utilicé para purificar el lugar, escupiendo el sabor del tabaco inicié el conjuro, esperé a que la criatura se presentase esa vez y pudiera abandonar esta tierra mansa.

Ta ló kó wí? Èlà ló kó wí, Ta ló kó só ?

Èlá ló kó só, Ta wá ni è ′npè ní Èlà? hòò tó rò náà,

Ni à ′n pè ní Èlà.

Repetí varias veces el conjuro.

¿Quién fue el primero que hablo? Ela fue quien hablo primero, ¿Quién fue el primero en comunicarse?

Ela fue el primero en comunicarse, ¿Quién es Ela? El es el Hòò (palabra) que descendió,

Aquello que nosotros llamamos Èlà.

Entonces la luna hizo acto de presencia. Pura, brillante, cercana, hechizó mis ojos. No tardó mucho en ser eclipsada por una especie de nube roja y su reflejo petrificó la montaña ensangrentando la catarata, tiñendo al lago como la vara al Nilo. Recuerdo entrar en trance, sabía que el momento de llamarlo había llegado:

Rougarou, Ta ló kó wí?

Rougarou, Ta ló kó só?

Ta wá ni è 'npè ní Rougarrou?

Ta wá ni è 'npè ní Rougarrou?

El silencio yacía placido en la quebrada. Posteriormente, el viento conmocionó el lago burbujeante, ruidos dentro de los arboles chasqueaban. Un ser merodeaba el lugar. Se escuchaba rápido, de alma agitada. Su aliento llegó a mi nuca, al dar vuelta una sombra gigantesca semejante a un perro infernal sobre sus patas traseras de ojos dorados, saltaba encima de mi…su aroma estaba impregnado de muerte. Comencé a tener una pesadilla horripilante.

Recuerdo poco de ella. Sé que la noche trajo al animal a la parte media de la montaña. El andar de un demonio movía las ramas de los arboles olfateando el aroma del viento fresco, gruidos convulsionaban llamando a la luna visible prolongando la incertidumbre. Escuché gritos de horror de los habitantes corriendo sin detenerse, me llamaban "¡El animal está aquí! ¡Las escopetas, rápido!" Más no me agitaba sino todo lo contrario, me aceleraba con rapidez hacia sus cuellos, pecho o abdomen, mucho más sencillo con los que salían corriendo, me balanceaba sobre sus espaldas. Tengo nociones de haber visto al Sr. Pablo, no le iba nada bien, ni a su familia, "El animal, el animal" decía a cada instante. Gargantas desgarrándose suplicaban auxilio y plegarias de salvación, nada más acudieron el desastre y la muerte al encuentro de aquellos llantos.

Tenía mucha hambre y comí sin que nadie pudiese impedírmelo, como si mi cuerpo fuese portentoso, imponente o execrable. La pesadilla se volvió excitante cuando unos disparos cruzaron el cielo el cual se mofaba del miedo ajeno o, ¿Lo hacía yo? Oí activarse una de las trampas, mi oído se agudizó más aún. Un nuevo disparó y luego Edgar chilló como un niño desconsolado.

Al llegar la luz del día, pensé que la cabeza me iba a reventar justo en la sien izquierda. No podía ver bien y al notar con precisión, me hallaba en el suelo de mi casa. No llevaba el camisón de anoche, mi cuero desnudo estaba bañado en sangre. El visaje me hizo olvidar el dolor en la cabeza, me levanté crujiendo mi pie pero sin regresar al suelo. La pierna me dolía más que la cabeza. Un dolor mayor opaca a uno menor. Fui directo al espejo del baño. Mi cara se estaba cubierta de sangre rojiza, escupí y mi lengua saboreaba mis dientes cubiertos de saliva roja, un sabor a hierro concentrado similar al de la arena. Tenía un roce medio cicatrizado en medio de la sien y en el hombro derecho una herida de bala. No comprendí lo que sucedía, quizá espanté al espíritu con forma de animal de ultratumba y la pesadilla era la muestra del sufrimiento anterior del animal.

— Edgar…Edgar mi amor — llamé a mi esposo. No respondió. Insistí en el llamado y ni una contesta o el sonido sino del pico en el campo.

Me asomé por la ventana de la cocina, no lo hallé labrando. Cojeé para salir al terreno, abrí la puerta rápidamente. Edgar estaba tumbado con una herida espantosa en todo su tronco sobresaliendo una porción de su corazón medio comido. La mandíbula desencajada colgándole la lengua que le quedaba como corbata. Los ojos de Edgar quedaron fijos tratando de no evitar el terror que lo había visitado por la noche.

En ese momento comprendí lo sucedido. Un dulce sueño de terror no había sido. Tampoco el trance del purificador hechizo. El Rougarou siempre fui yo.

FIN

EL CANTO DEL GRILLO

Hace tiempo ya, en pleno transito lunar, cuando la penumbra se apoderó de mi mundo. No tenía ni la más mínima motivación para seguir respirando mientras la vista le pertenecía a la realidad de lo físico y mortal. Me sentí completamente fatigado gracias al peso de un buitre negro, añejo, un ser tan antiguo como la vida y la muerte que nos obliga a llevarlo encima y día tras día encaja sus garras con mayor furia ensangrentando la espalda conforme nos adecuamos al dolor eterno de la costumbre. Tratando de conseguir acomodo en mi cama, arropado por temor al frío y los visajes fortuitos de mi ventana, meditaba acerca de lo cotidiano de aquellas penas que solemos abrazar con la mente, el terror de perder así sea la última esperanza que brinda el dolor. Escuché un sonido de inicio ligero, agudo, suave y placido. La resonancia provenía del suelo, justo bajo el estante que guarda una serie de mis libros favoritos y el televisor. Al principio opté por ignorar tal recompensa, parece extraño pero estando acostado con la soledad no podía percibir bien aquel sonido, parecía como la triste simpatía de un forastero inesperado.

Acorde pasaban los minutos iba perdiendo su estilo, de suave paso a fuerte, lo ligero se volvió estruendoso y la agudeza se tornó como el filo de una cuchilla a punto de clavarse en el pecho de un inocente; totalmente punzante, gélida y aniquiladora.

Como fui dotado de gran paciencia, quise permitirle proseguir su insistente martirio. Pasó una hora en la que el sonido no ceso ni por un instante, entonces el afán se transformó en silencio. La paz arrebató a la nueva tortura que laceraba a mis sentidos para darle cavidad al demonio de mis pensamientos. No duró tanto tiempo, el ruido retornaba como un tirano, no se resignaba a fallar. Hice un movimiento tosco queriendo incorporarme en la cama renunciando al hecho de no poder descansar. En ese momento el crujir del ceibo estremeció el ambiente de aflicción; en mudó al ruido. ¡Vaya sorpresa! quizá sin saberlo, el ser sintió miedo o fue precavido pero entorpeció su fastidiosa manía obligado a callar. Nuevamente escuché mi respiración y con ojos abiertos ante la penumbra, las voces en mi cabeza jugaban a que era su títere o se mofaban de cuan arlequín podía llegar a ser. Cogí lo desordenado de la sabana, la extendí para completar mi armadura contra el frío y los horrores de la noche posándola sobre mi cabeza dejando una pequeña brecha para respirar. Decidí ignorarlas y concentrarme en perder la razón, abriendo los brazos a la muerte de Lázaro. Iba hundiéndome más y más, muy profundo en el espacio de la nada, dejando de sentir de ver la vetusta oscuridad de las sombras, absolviendo la congoja en el momento que un solo aterrador reiniciaba su concierto. Retornó pausado para hacerse continuo en el crecimiento de su arte, era un verdadero artista quién tocara ese instrumento, la naturaleza lo había dotado de una aptitud magistralmente innata, pura y absoluta.

Coloqué pie derecho en el piso frígido y el ser volvió a callar, subí el pie a la cama, cerré los parpados y el sonido creció. Moví la cabeza, agudizando mi sentido más formidable para captar el origen verdadero de mi calvario. Luego me levanté con cuidado, extendiendo mi mano derecha mientras avanzaba por las tinieblas de mi cuarto hasta tocar lo liso del interruptor que traía el consuelo de Prometeo. La luz cegó mi visión, aturdiéndome por un rato. Cuando estuve adaptado me quedé quieto cual estatua no puede ser corrompida por el tiempo para dejar al artista alzar su romanza.

El sonido si venía del sitió que antes identifiqué, asomé la cabeza al estar completamente agachado para detallarlo a la perfección. El humilde artista resultó ser un grillo marrón, de franjas oscuras y ojos pardos. Debió sentirse acosado porque no prosiguió con la serenata. Me dispuse a reposar un rato sentado pero muy atento, con la vista fija al espacio entre el suelo y el mueble blanco donde el grillo se sintió confiado. Bajé del asiento, tomé distancia para verlo como levantó un tanto el par las alas, luego elevó sus patitas traseras y las frotó. Había recordado aquella maravilla, el pequeño insecto estaba llamando a una pareja y yo lo interrumpí de la manera más egoísta que pude debido a mi gran ignorancia en el amor. Si más preámbulos, esa noche dejé al grillo proseguir su cantar, al final pude alcanzar las puertas del sueño sin recordar la hora, eso quería decir que no supe si el grillo logró completar su pieza.

A la mañana siguiente desperté agotado, manifesté mi presencia bajo el mueble y ahí seguía el grillo. Todo indicaba que no pudo conquistar a ninguna fémina, una lástima para el pobre, tanto esfuerzo en vano, el tiempo de la mayoría se pierde en usufructuar en el afán de lo que no tiene valor alguno.

De regresó a mi casa después de haber pasado un día extenuante. Exhausto, no pensé en preocuparme por si el grillo volvía a insistir, menos mal que la idea no partió de la fantasía, el insecto levantó sus alas y frotando las patas, retomó su canto.

Ni la fatiga pudo hundirme en el mar del ensueño. Mi nuevo compañero no se rindió con facilidad, necio y obstinado como todo macho que incluso no deja de insistir luego de escuchar el silencio del rechazo. Necesitaba descansar pero el pequeño animal me negada la dicha de no pensar. Golpeé el ceibo para acallarlo, lo logré y al instante resonó. Pisé el suelo con fuerza, pero no se entorpeció, toqué el mueble con mucha rabia, esta vez el grillo no en mudó.

Llevaba dos noches seguidas sin poder conciliar el sueño, me estaba pasando de noble con el animalito, ni más faltaba, ¿Acaso él se compadeció de mi cansancio? Ni sabía lo agobiante de mis pensamientos.

La tercera noche resultó ser peor que las anteriores. El grillo perseveró insistentemente, cuan alto retumbaba su canto por las paredes, aturdió mis oídos de una manera tan descabellada que creí haber perdido la cordura, *"Déjame descansar, te lo imploro"* le dije, él calló. A eso de las tres de la mañana no aguantó más, entonces iba a derrumbar la casa con su ruido infernal. Salté de la cama, agarré una sandalia, encendí la luz y miré por el espacio. Vi cómo se arrinconó, conocía mis intenciones. Esperé un rato, tan pronto el grillo alzó las alas y escuché su grito diabólico, lo aplasté de una buena vez.

Me sentí tranquilo, sosegado, se me concedió la quietud del penitente. La luz de la mañana con descanso y todo, cuanta falta me hacía.

Por la noche, creí conciliar el sueño con premura más no fue así. Me sentí extraño como si algo me hubiese faltado, "¿Qué puede ser?" me preguntaba, "Pero si todo fue excelente en este día, ni los recuerdos del dolor han llegado a tocar la cúspide de mis sentimientos… ¿Sera? ¡No! es imposible, no puede ser, debo estar enloqueciendo a estas altas horas donde la luna gobierna el firmamento. Pero si es así entonces me he quedado solo en el mundo, nadie está conmigo ahora y yo lo he matado…"

Esa noche mis pensamientos no me dejaron dormir pensando en lo incomodo que era pasar el valle de la muerte sin la compañía de mi pequeño amigo.

La quinta noche fue una agonía a la cual no le veía el fin, puedo asegurar que lloré porque mi rostro humedeció la almohada. Pasaron dos semanas sin que lograse dormir dignamente, no quise salir de la casa.

Temblaba de frío y pensaba mirando a través de la ventana negra, entonces me hallé incómodo. Huyó el silencio; el canto regresó, el grillo, mi amigo volvió a insistir. ¡Qué alegría! Di un salto llegando a tocar el interruptor, asomé la cabeza nuevamente por el espacio del mueble, pero la luz no mostró al grillo, el espacio estaba vacío. Así pasaron otros tres días. Escuchaba el canto del grillo más sin embargo no había un insecto en el sitio. Tuve una idea, el presentimiento de que el grillo había logrado escapar de mi mano asesina, seguramente dio un salto hasta mi cabeza y justo al quedarme dormido se deslizó y entró por mi oído, ¡Claro! Por ello lo escucho así no lo vea.

Una noche la habitación contigua a la mía estaba iluminada con la puerta entre abierta dejando escapar los rayos furtivos de la lámpara. Miraba mi reflejo frente a un espejo y puedo asegurar que vi una visión escalofriante. La sombra gigantesca de un grillo caminando en sus dos patas, tocando el suelo, chirriando como un morboso, disfrutando en azotar mi cabeza. Abrí la puerta, el cuarto desierto martirizó mis sentidos.

El sonido crecía directamente desde mi habitación, salí corriendo para revisar el mismo espacio donde hacía días ningún visitante se posaba a cantar ya. Tomé la sandalia, di varios golpes al piso porque juré ver al insecto retomar su lugar, solté la chancleta, está cayendo al suelo con vista al techo. Ahí estaba, en efecto, siempre estuvo allí, el cadáver del grillo completamente magullado, reposaba en los bordes de mi sandalia desde hace días.

FIN

EN BUSCA DE ADÁN

Estoy rodeado de piedras cuya fecha de construcción es de tiempos milenarios, ocultos en el pasar de los mismos y donde no he podido salir en horas por haber enfocado mi mente en un afán que, en un par de minutos ha de destruir a mí ser. Las tinieblas son casi completas, la única forma de percibir el entorno por medio de mis ojos es gracias a una pequeña caja de fósforos que me ha acompañado desde antes de realizar este viaje. He podido completar mi búsqueda, he logrado alcanzar una de las más grandes potestades que han permanecido ocultas por siglos, pero el pasar del reloj es corto y a pesar de estar en el comienzo del siglo XXI, no tengo la menor posibilidad de poder comunicarme con alguien en el exterior. El poco oxígeno se agota aún más y con él, la esperanza que se viste de negro cual noche sepulcral se aferra como si un humano estuviese a punto de caer al abismo de la muerte, en realidad, la esperanza está usando la máscara de Anubis. Tantos años queriendo conseguir el secreto de todos los misterios que se ocultan en la tierra, océanos y hasta el cielo. He caído, apostado en Egipto y me hago parte de las entrañas ignotas de la Esfinge de Guiza, entretanto dejo estas anotaciones en el dado caso de que no pueda salir, abriendo el paso para dilucidar esta enorme verdad.

Como muchos otros, mi vida ha girado en torno al exótico mundo de la cultura egipcia. Sus arenas, lo serpenteante del Nilo, el frío del invierno junto a la sombra inclemente del Sol que cubre todo el desierto. Misterios, construcciones, enigmas que son tan claros ahora, los han mantenido en las tinieblas por ser una verdad insoportable. Sin embargo, somos merecedores de ella, siendo los amos absolutos de este rayo de luz que ha permanecido insondable en el transcurso del camino del mundo. Este mundo no es nada más que un puente, debemos recorrerlo más no quedarnos en él. Avanzar, y he tomado la responsabilidad de dejar estas páginas que nos han de ayudar a lograrlo.

Después de vivir con tanto interés hacia una de las culturas más ancestrales de todos los tiempos. Llenando de libros, inscripciones y leyendas que comprenden una enorme parte del hallazgo, pude convivir con ciertas civilizaciones y enfocando cada una de mis dogmáticas apreciaciones, vi con pulcritud y seguí cada indicio. Desde las pirámides Incas, mayas, trasladando no mucho de mi equipaje físico para permanecer un período de tiempo en las catedrales llenas de antiguos rituales aztecas e indonesia. Fue en estas culturas ya muertas en el plano donde como migas de pan seguí el rastro de mis pasados análisis sobre lo encontrado en Abidos. Abedyu, como se le denominó a esta necrópolis en tiempos lejanos, se hallan las pruebas más fidedignas que pueden darle crédito a un libro que muchos utilizan como guía, arrebatándole su atención fundamental y ennegreciendo el uso correcto. Por supuesto, me refiero a la Biblia.

No parece lógico hacer una mezcla entre una y otra pero, todo está como a la hora que el Sol alcanza su cenit.

En Abidos, hallé la mejor revelación luego de estudiar todo el linaje de los faraones de la primera dinastía. Encabezados por Narmer, el magnífico siluro y, concluye con Sethy I, el amigo de José. Los faraones han sido mi pasión, ahora comprendo el porqué. Recorrí toda la ciudad de Abidos, topándome con Umm el-Qaab, la madre de las vasijas, la verdadera ciudad de los muertos. Aquí, un largo complejo devastado, provisto de vasijas todas adornadas con jeroglíficos me dio la cuestión de seguir escudriñando en este fascinante terreno. Un vaso muy peculiar parecía darme entrada a examinarlo y doy gracias a Dios por haberlo hecho. Al posar mis ojos encima de aquel artilugio ya viejo, logré detallar quien fue la esposa de Narmer, el primer faraón humano de Egipto.

Shesh, ese fue el nombre de esta mujer. Los grandes eruditos y científicos la denominan como la madre de Narmer, también conocido como Menes o Mena, ya que así está catalogado en la tabla dinástica de Abidos. Pero no; Shesh en realidad había sido su esposa. Gracias a los años de estudio y aventura, la luz brilló dentro de mi mente debido a que pedí conocimiento y comprensión, las cosas que de verdad Dios presta atención en nuestras oraciones y pude entender aquellas palabras de un sabio, muy olvidado en este eón. En hebreo, Shesh, significa Isha, y está a su vez Mujer.

Entonces, no podía ser nadie más. El cruce entre La tabla y la Biblia lo obtuve por medio de esta palabra: Mujer, sólo se le acreditaba a un ser de la estirpe, ¡Sí! Eva.

De encontrarme cerca de la tumba de Eva, no muy lejos debía estar la del primer ser humano creado; Adán, mi ambición real. No fue nada sencillo continuar con mis investigaciones. La culpa de haber hecho un encuentro que va más allá del tercer tipo, por el carácter de su significado. De ser cierto, si Adán y Eva estaban sepultados en Egipto, esto cambiaría la historia de la humanidad y todas las religiones se derrumbarían en un segundo por haber mantenido la mayor farsa, siendo hipócritas y negando el mérito a quien lo merece por egoísmo. Tenía que retornar a la tabla de los periodos dinásticos. Necesitaba detallar con mucha más lucidez quienes habían sido estos reyes, los faraones o mejor dicho la descendencia del primero.

Basar cada palabra en todas las ramas lingüísticas complicaba la tarea. Con paciencia, perseverancia y constantica obtuve lo que requería. El sucesor de Menes, su primogénito, había sido Teti, también encontrado como Aha. Al segundo faraón se le representó matando a un hombre en sacrifico. También le tenían un dicho, "Golpear a los nubios por Horus Aha". Golpear; Teti es conocido en el medio como Teta Khant, en griego, "El Culpable". Realicé unas anotaciones y proseguí. La base fundamental es el hebreo, y Kasighi era exacto, luego en latín, por unos minutos perdí la razón. Athos, quiere decir en la lengua muerta papal: Caín. Fortuna el haber llevado en mi mochila de viaje una biblia, corroborar cada pieza del rompecabezas me tornaría maníaco. Resulta que, la dinastía comenzaba desde Menes y sigue con Teti, continua con Ateti, el cual es Enoc, el primer hijo de Caín en el libro sagrado. Finalizan de manera perfecta con Jabal, el fundador de los que moran en tiendas y crían ganado, para así retornar y nombrar al sumiso Abel, aquel que es sacrificado en la imagen de Teti y luego da paso a Bedyau: Set; "es mi señor". Justo donde comenzó a invocarse el nombre de Jehová. No todo podía ser tan perfecto, pero lo era y sigue siendo. De ser esto posible, el hermano Russell había tenido razón, cómo, no lo sé. Quizá encontró una verdad preciosa como un faro celeste o una biblioteca tremenda dentro de la cabeza de un buen amigo, un hermano.

La duda tuvo cavidad cuando iba anotando cada uno de los reyes, tropezando con la falta de un gran número de ellos. Esta incógnita feneció al comparar con el período de tiempo. Snofru (Seneferu) fue el vigésimo faraón, es un largo tramo para llegar hasta él y más aun a Shety I sin tener más descendientes. Volvió a hablar la biblia. Los reyes restantes, formaban parte de aquellos llamados, "hombres de fama" o semidioses que habían sido aniquilados en el diluvio de los tiempos de Noé. Es muy lógico saber entonces, quién fue Snofru. Sera mejor apresurarme, mis fuerzas decaen y temo no poder terminar mi obra, de poco peso será para otros pero cuan potente es a mi alma que, la ha vuelto una hecatombe.

Basta plasmar la llegada del sucesor de Snofru, Noé; su hijo Cam que en la tabla es Khufu, "El que golpea" también conocido como Keops, el de la Gran Pirámide. Muy cerca del final en el momento que sospeché haber obtenido el último vestigio, hallé un acertijo singular sobre la tumba de Aha, la que todos piensan pertenece a Menes:

"Anhelo percibir efluvio."

A partir de aquí me deje caer frente a la tabla de Abidos. Queriendo llorar, contuve el mar que ansiaba brotar de mis cuencas. Me hice con la bravura de un león y recordé las viejas leyendas de que Melquisedec, el rey sacerdote, había sido el constructor de las mejores partes en el complejo arquitectónico de Guiza. Una, la gran pirámide y la segunda, aquella que anhela percibir un mínimo de aroma, la metamórfica figura mitad felino y resto facial de rey sin nariz… la Esfinge.

Salí de Abidos y llegué a las patas de la figura colosal a la hora de la luna roja. Un librito prácticamente insignificante se preparó dentro de mis cuestiones de elevado valor. Introduje una mano dentro de mi mochila y saqué este pequeño ejemplar y mi linterna. Sus hojas bastantes sucias y atestadas de color naranja con manchas medio opacas contienen bien resumidos, los secretos amplios del león con cara de hombre. Me apoyé con curiosidad en el lado izquierdo de mi cuerpo, la pata derecha de la esfinge. La roca cedió sin casi esfuerzo y pude introducir mi alma en su interior, logrando ver el angosto pasillo, la puerta estrecha de la obra maestra de Melquisedec. Al ir andando, logré discernir en toda la vasta y colorida lengua que usé en los años para entender lo que siempre quise y ahora secuestran estos ahogados suspiros de pena por saber que me queda poco.

Dentro de la esfinge, existen un número de pasadizos que horas más tarde me mostraron que formaron parte del ritual iniciador para los magos de la cultura. No sólo eso, sino, lo majestuoso de sus indicaciones. Al llegar al final del pasillo hay un marco gigantesco en el abdomen del león. Del lado distal al marco hay doce pares de columnas las cuales se hallan repletas de mucha enseñanza olvidada, conocida y pérdida. Quise avanzar primero por este lado y entre tanto obtenía más conocimiento, agudicé mi visión entre los pares cinco y seis, descendí por una escalera que contenía en su idioma, "Camina ciego y avanza hacia el Testigo". Es un camino que comunica a la Esfinge con la Gran Pirámide, no es nada sencillo llegar a ella gracias a un complejo sistema de túneles, formidables y dignos del intelecto de quienes lo crearon. Tomé precaución y preferí regresar hacia el templo dentro de la esfinge. Tuve miedo. Mi corazón no soportaba estar con las tinieblas pero este ha sido mi trabajo y el alcance de mi pasión no merecía el abandono. Vi cómo construyeron el sitio donde me encuentro, las pirámides y el resto también. Sin embargo, es una verdad que llegará a su tiempo, estoy seguro de ello. Así venía el turno de la parte proximal a la cabeza. Cinco pares de columnas sostienen esta parte del templo y está provisto de tres caminos: Uno ascendente y los otros dos dan hacia la profundidad de la pata izquierda, bajo la esfinge. Me encontraba más cercano al ascendente y atravesando el interior del cuello llegué a un templo bastante más pequeño a comparación del presentado por el primer marco.

Aquí otro arco se compuso a mi izquierda y a la derecha de mi visión capté una mesa tipo santuario. Cerca de este arco como un ecuador con la nariz pérdida el talle de un gran disco solar cuyos rayos descienden por el arco, hacen la manera de bendecir a quien ha de posarse sobre él. No obstante, circundante al mesón tipo sarcófago, otro pasillo angosto estaba bien abierto, lleno de negrura.

Apunté la linterna y en ese instante un sonido como el de un terror apocalíptico aceleró los latidos de mi corazón. La puerta por donde había entrado logró cerrarse, está hecha para permitir el tránsito por un período de tiempo establecido.

— Al regresar, de seguro podré hallar el mecanismo para salir — me mentí, ya no poseía fuerzas para continuar — Estoy cerca, tan cerca. Veré su nombre — me dije.

El camino fue corto y de seguro llegué a la altura de los ojos. Una cámara más pequeña que la anterior, llena de dibujos y una columna en especie de tótem. Al principio no le preste atención sino que, hay otro paso que va hacia afuera de la esfinge pero está bloqueado por una trampilla de piedra demasiado robusta para mi delgada contextura. Al retornar a la cámara inferior, me asomé por el pilar con inscripciones y traduje una neblina para la conciencia, *"Arriba, Ra muestra a la muerte, abajo yace la raíz de la vida."* Entonces bajé con premura y no evité tropezar hasta caer en una cámara tan pequeña como la de los ojos de este templo milenario. Sucedió que mi linterna comenzó a fallar, la batería como toda energía se estaba transformando.

Le di unos cuantos toques y reaccionó. Estaba ahora en un rectángulo semejante a un cuarto típico de la cultura, una cámara funeraria me daba la bienvenida. Nadie podrá creer de quien pertenece, y la tengo justo al lado donde ya no quiero ver.

— *"Arriba, Ra muestra a la muerte, abajo yace la raíz de la vida."* — repetí.

>> ¡Eso es!

Ahí duerme, y estuvo frente a mí. Entonces, la linterna se posó justo encima de los símbolos que dieron un nombre y una maldición de dolor, traer la vida con llanto, sufrimiento y pecado. Había encontrado la tumba de Shesh, en realidad, el sarcófago de Eva.

Mi alegría no podía contenerse y así el Nilo se hizo minúsculo a comparación de mis lágrimas compuestas de júbilo y emoción. Salí del recinto porque ya sabía quién estaba descansando dentro del otro pasaje. Sin temor a fallar, sabiendo que no iba a cometer error alguno o eso pensaba. El paso culminó en forma de punta y bajando en escalonada, la última galería es una pirámide singularmente reducida. Lo ulterior me negó la mayor parte del delirio.

La luz tan blanca y casta no fue lo suficientemente permanente como para lograr mantenerse. Solamente, duro lo necesario para poder ver con claridad, no obstante, una caja de fósforos pudo auxiliarme para confirmar el siguiente jeroglífico que yace en Abidos y así, conseguir completar estos escritos:

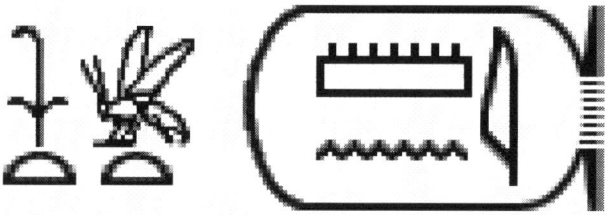

Mi alma no consiguió emoción apropiada para lo que traduje. Mi faz debió resplandecer. ¡Al fin! Después de tantos años, podía reivindicar el nombre del fundador y mucho más. He visto y voy a morir junto al verdadero sarcófago de Menes, el gran siluro, mejor dicho; Adán.

FIN

PITÓN

Conservo múltiples recuerdos sobre mi nacimiento. El calor de aquella mañana, lo húmedo del ambiente y la escasa luz que podía descifrar. Distinguir una voz dulce, cariñosa y llena de bondad la cual como a un niño que fui me hizo estremecer y fue sencillo quererla, apreciarla, sentir confianza, protección y amarla sin dificultad ya que, se trataba de los latidos esbozados desde la garganta y gesticulados por la maquinaría fonética de mi padre. Yo como un buen hijo lo admiré y respeté con fervor, porque de todos mis hermanos yo fui el único que no se atrevió a morder su mano, ni blasfemar o quizá pensar mal de él, sino por culpa de algunos de ellos sentí el pesar de la ira, la lucha entre el odio y el amor, lo variado del miedo y el insondable mar de la envidia.

Lo largo de mi aprendizaje se puede comparar con lo extenso de mi cuerpo. Me aferré tanto a mi padre que, no hubo cavidad para la comprensión de todos sus experimentos. Visitábamos cada mañana y a muchas tandas del día sin importar la hora, las habitaciones cristalinas y bien decoradas de mis hermanos. Cada uno era especial para padre pero sentían algo de celos por el hecho de que siempre permanecí muy junto a su regazo y al borde sus pasos sacando mi lengua para darles los buenos días, tardes o noches. Yo llevaba la diadema de, "el consentido" y será poca modestia de mi parte, todos adoramos nuestras indumentarias conformadas de diferentes tipos de colores y formas, solamente que yo era el único que poseía una túnica color azulado brillante, un contorno bastante atrayente que hasta estuvo muy agradecido por mis víctimas. Mis ojos rojizos, rayados, casi ciegos y capaces de percibir figuras similares a espectros acuosos algunos de color fuego y otros azulados, de sublime calor, y si son muy fríos, podría vislumbrar que estaban muertos y aptos para convertirse en mi alimento. Mi padre me trataba con cariño, mucha ternura plagaron mis días estando a su cuidado, de grandes atenciones y el amor que un buen padre es capaz de dar. No por ello, mis hermanos se debían sentir airados, él los proveía de todos los cuidados, vuelvo y repito, sus celos nacieron cuales monstruos no asimilaban la capacidad para su poder de destrucción siendo amigables y muy instintivos en el interior. Querían ir un día en el regazo, no pedían otra cosa sino un turno en aquellos brazos delgados y participar de las conversaciones e instantes de lectura tanto cargada como ligera o pesada, sobre los otros miembros de nuestra vasta familia.

Gracias a la gigantesca biblioteca que tenía padre, llegué a almacenar un sin número de compleja diversidad. Somos una gran creación y pueden apostar los con piernas que, algún día volveremos a estar de pie. Aprendí a diferenciar de entre nosotros, quienes eran los más pequeños y letales y aquellos enormes con el don de triturar, poseyendo la cualidad de ser muy apacibles y tolerables.

Aun añoro los días cuando la casa se impregnaba del aroma de la putrefacción. La pestilencia simplificaba la ira de mis hermanos, atendía al llamado de padre y así me unía al festín del mes. Luego de cada bocado, llegaba una paz indescriptible. En las tardes acompañaba a padre para ver como usaba unos frascos tapados con un material cauchoso en cuya superficie uno que otro hermano clavaba su boca y permita derramar su jugo transparente, me fascinaba la voz de padre, sus ojos debían estar dilatados completamente detallando el líquido con sus fanales de vidrio. Por las noches, el coro gutural del escuerzo croar deleitaba y, cada quien con su pareja realizaba una fiesta donde se podía danzar sin parar y los compases compensaban la fatiga con un nuevo miembro envuelto en una cuna redonda de color albino. Pero, padre y yo no conseguíamos con quien bailar, estábamos solos y no nos afligíamos sino que más bien subsanábamos esos momentos con juegos y charlas. ¡Oh! Cómo amaba estar encima de él y sentir el calor que me mantenía vivo, no me hacía falta el amor del Sol, con el de padre era suficiente.

Un día me depositó en mi habitación de cristal y cuando me dispuse a tomar una siesta fuera de sus brazos, la voz de Orm, se elevó para llegar a mis oídos. Quería persuadirme y me dijo que lo más seguro sería la llegada de un nuevo hermano y tras él yo perdería el puesto del favorito. Orm, es malo, maquiavélico y completamente sabio por ser el primer hijo de padre. Recubierto de un traje oscuro y con relucientes partes verdosas y una boca tremulante donde su lengua se bifurca y ataca sin perder el control a pesar de estar siendo invadido por la cólera. A él se le unió Ular, la hermana más pequeña y mortífera, hermosa de atavío rojo y negro, más ágil que Orm y de poca paciencia. Debían tener cierta razón, yo había sido el primer y único hijo que nació en la casa, ellos dos y el resto de la familia vivían como salvajes, no alcanzaba ni pensar en mi vida fuera de mi hogar, apartado de los cuidados de padre, afuera moriría en cuestión de segundos.

Mi interés por las palabras de mis hermanos no tardó en hacerme maquinar. ¿Sería posible que padre encontrara otro hijo más especial? ¿Perdería su regazo y el calor de su piel? Las preguntas debían ser para mí de muy poca importancia, padre había sido muy noble para con nosotros y las ovejas negras de la casa no iban a retorcer mi mente más de lo que la naturaleza ya hacía en mi interior. Yo iba a comportarme así, convertirme en un excelente hermano para el nuevo recién nacido que de seguro llegaría pronto. Padre tardó algunos días en retornar y nos dejó todo listo para sobrevivir hasta escuchar sus pasos y ver lo brillante de su figura acuosa y delgada.

Cuando regresó, mi entusiasmo no se contuvo dentro de mi cuarto y él lo sabía, escuché lo dulce de su voz, "Fidi, Fidi…mira, tu nueva hermana; se llama Numu. ¿Qué te parece su atuendo, detallas el espectro de su cuerpo como el eterno ajuar de la noche? ¡Es hermosa!" Sentí lo que Orm, Ular y el resto de la familia sentía, mis ojos se entre cerraron, enfocándose en un sentimiento atroz: Celos.

Poco a poco padre no me llevaba consigo, ni leíamos juntos ni tampoco me permitía dormir con él para cuidar de sus pensamientos a la hora de dormir. Me dejó depositada en mi habitación y no hubo nadie más que a Numu para sentir el calor de aquellos brazos.

No me di cuenta de cuando crecí descomunalmente tanto en largo y ancho como de sentimientos corrompidos y malignos. Quería desterrar a Numu, ella me miraba y sacaba su lengua en son de burla cada oportunidad que tenía, aunque no oía ningún silbido que escapase de la macabra oscuridad de sus fauces. Semejante a mis días de conquista y gloria mientras montaba sobre la nuca y me deslizaba por los miembros de padre. Entonces miré a mí alrededor y así Orm y Ular mudaron a ser profetas. Mi rostro cambió de alegre a amargo, triste y ansioso por devorar, nunca alcé mi boca a padre, para nada. Pero de todas formas quería hacerlo y me reprimí por amor.

Una noche a eso de las doce en punto, un visitante tocó una de las paredes de mi cuarto, era Numu.

Sus palabras corrompieron mi espíritu y quise destruir mi habitación y podía hacerlo pero padre se iba a molestar y no hubiese sido justo aun cuando ya no tendía su gentileza para conmigo. Numu resultó ser más bífida que Orm y Ular juntos. Un martirio, un engendro demoniaco verdadero, estaba planeando matar a padre, yo no iba a permitirlo. Un mes posterior a la comida, el resto de mis hermanos conmocionó toda la casa. Orm convenció cual Lucifer, a casi toda la familia y ellos lo apoyaron para escapar del lugar y así fue, se sentían prisioneros y no veían nada instintivo a su casa, mal agradecidos. En aquel momento recordé las palabras frías de Numu y tuve que salir de mi cuarto transparente, apliqué toda la fuerza de mis músculos. Afuera caía un diluvio provisto de rugidos provenientes del cielo que alumbraban un poco mi ceguera, ya era demasiado tarde para cuando logré escapar. Hallé a padre tendido en el piso, con el cuello roto impreso con las marcas de la potencia de Numu sobre él. Ella comenzó a darle vueltas y abrió su boca atezada, aquí se desató mi irá y me abalance con furia sobre ella encajando lo prominente de mis colmillos sobre su cabeza para aniquilarla enseguida, yo sabía cómo hacerlo bien, las horas de hojas y risas con padre, no fueron en vano. Numu cayó. Me equivoqué en el momento porque padre seguía respirando, evoqué los días de soledad y amargura dentro de mi cuarto, un nuevo rayo descendió desquebrajando un árbol y chamuscó parte del patio, hice un torniquete de mi irritación alrededor del cuello de padre y apreté con brío, el cuerpo de padre se consumió en el helado abrazo de la muerte. Ahora me tocaba a mí darle un poco de calor. Tal cual Numu, me deslicé por aquel piso donde fui tan feliz, envolví mi cuerpo para darle calor a padre y la escolanía de huesos consumieron mi aflicción. Abrí mi boca y desde hace un mes, sigo estando lleno. Degusto y capto el fétido, repugnante y primoroso cuerpo de padre estando yo muy lejos de casa, en una selva donde serpentea el Orinoco.

FIN

DOCTOR MORFEO: CASO CAPGRAS

David Villalobos, un hombre de 47 años de edad, egresado de la universidad como Abogado, dedicado a la escritura desde antes de cursar sus estudios en grado superior. De origen nacional, Casado de cuya unión surgió un hijo, al cual asesinó.

Desde su juventud David mostró una superdotada condición para la redacción, un don maravilloso, como un hilo proveniente del cielo dominando su mano derecha y su mente. Haciéndolo crear diferentes mundos esplendorosos, al mismo tiempo otros cubiertos de horror y oscuridad. No tiene un límite específico, puede ir de lo bello a lo infernal, blanco al negro, ángel o demonio, universo y caos. Debido a su condición, no le costó mucho desarrollar la capacidad de percibir lo imposible.

Oculto en lo profundo de su habitación, aun siendo universitario, la persona de David despertaba conmocionado, con la mano de escritor sosteniendo su pecho, sintiendo cada latido desbocado. Los oídos zumbando y escuchando un martilleo intenso, confuso, el estruendo en sus vasos sanguíneos, la conmoción de la sangre chocando, embotando su mente y estresando sus sentidos. Irritándolo del terror. La causa fue muy evidente para él, una voz aguda, delicada de un niño pero de elevado volumen, logró despertarlo pronunciando su nombre. No creyó volverse demente en el momento, dirigió la mirada en todos los rincones de su cuarto, examinando, inventando ideas sin levantar el cuerpo encamado. Arrastró lo sobrante de la sabana que escondía besos apasionados con el suelo, y se cubrió todo, hasta la cabeza quedo resguardada. Al transcurrir los días, estas ideas fueron avanzando llevando a David a nadar en un lago netamente mental, negruzco, envuelto en un misterio claro. Cada dos noches el mismo acontecimiento persistía, la idea de la voz convirtiéndose en un pitido poderoso, capaz de hacerlo vibrar, retraía su cuerpo, guardó todo en su ser, la persona de David se volvía muecas. A partir de entonces se sumó la brillante forma de un entumecimiento abismal. La fuerza de mil potencias se abalanzó sobre el cuerpo de David, impidiendo el más minúsculo movimiento, apartando el respiro hasta la facultad de pronunciar. La salvación llegó en alas del tiempo sin espacio, la suave presencia de la muerte lo hacía gritar con alarido de silencio. Acercándose al inútil cuerpo paralizado, impedido de si quiera suplicar, estropeando la misión del inalcanzable ángel retorcido, un humo pálido envolvía toda la habitación, y al desvanecerse huían consigo los torturadores y la macabra esquelética figura de capa negra.

El pasar de los años en estudios profesionales, llevó a David a lo más lógico y razonable de los turbulentos actos en la vida humana, David se había enamorado. La compañera escolar es su actual esposa Lucia. No tardaron mucho en darse cuenta de lo grato que el correr de las horas les brindaba. Discutiendo de leyes, algunos tópicos de política. Se hacían buenos críticos en elocuente mofa hacia los actores de película y teatro. Amadores de la música culta. Compartiendo lecturas nocturnas, estas arrastrándolos al cielo luego de concluir a medias cada hoja.

Un noviazgo sano, inocente aunque lleno en intensidad. David tuvo la obsesiva necesidad para ocultarle a Lucia sobre el padecimiento bizarro que cubría su vivir. Entre las eclipsadas visitas de la muerte, los seres inmovilizadores de su cuerpo, la voz infantil y esplendorosa, causante del terror más agobiante a altas horas de la noche, no fueron el tope para la carente situación mental de esta pobre persona. Luego de concluir la carrera universitaria, la pareja después de una larga charla, tuvo la típica conclusión; nupcias. Fue algo bastante sencillo, lo justo y necesario por supuesto, la alegría interna superaba con creces la humilde forma de pensar, jóvenes y sin embargo muy maduros. Entre leyes, trabajo de escritura, defensas y discusiones relacionadas al deber ser, un cuadro reglamentario surgió. Paralelo al matrimonio la siguiente alegría sería una sacralización, el privilegio castigador femenino: Un bebe.

En esos días en el segundo trimestre de gestación, Lucia llegó al entero conocimiento de esos despertares extraños, la enmudecida manera de David, las miradas al vacío, el entorpecimiento seguido del encierro. Lucia encontró a su esposo tendido en la cama paralizado, con los brazos en posición de crucificado y exhalando con total control. La boca abierta casi desbordándose en un charco de saliva, David respiraba lentamente mirando al techo como si el fin del mundo, el dedo de Dios estuviese encima de él realizando su respectivo juico — La ironía de los abogados, no hay mayor sentencia para ellos más lejana sino la divina — Ella ocultándose tras la puerta, observándolo sin hacer presencia. Él, gemía en su dolor. Se levantó con sutileza como si hacerlo de manera contraria lo haría derrumbar sus huesos, saboreó en muchas ocasiones el sabor de boca, al parecer obtuvo la ligera sensación en la degustación del monóxido de carbono o un agujero negro se abrió en su cabeza. Lucia apartó el ojo de la abertura brindada por la puerta y se dio pasos mudos directos a la nevera, fingiendo un antojo. Al legar David camino cuidadosamente, extendió sus brazos y estrecho el vientre de Lucia para tatuarle los labios con un beso de amor infinito.

El agua corrió dentro de la quebrada puerta donde surge la vida terrestre, cuando toco la campana al fin de la espera; el bebe había decidido alumbrar su mundo.

La primera es donde comenzó el título del suceso. Aproximadamente a las 4:00 am, David volvió a escuchar la voz de ese niño, más aguda, penetrante y esta vez burlona. Al abrirse a la vida, retornando de la muerte, David notó al borde la cuna de su párvulo a la calavera encapuchada. Llevando una bandera oscura ocultando su apariencia, este deslizó la mano izquierda crujiéndole cada porción del cuerpo, acercando su esencia congelada en el tiempo, justo para tocar en la frente al pequeño ángel terrenal. David retornaba a las parálisis olvidadas, creyendo haberlas superado. Reapareció el pozo de baba asfixiante contrayéndole el pecho, mirando fijamente las dos barras que le permitían observar la constante respiración del bebe, cuando su espíritu se estremeció al ver el esquelético dedo índice posándose sobre la faz seráfica.

Tras pasada la visión, David incorporó abrumado sin casi domino de su cuerpo. Al ver la cara de su hijo, grito de manera descomunal. El rostro blanco, inocente y cándido ahora llevaba la máscara gélida; el óbito de la muerte. Lucia despertó aterrada, dando pasos veloces para observar alguna tragedia; y no noto un cambio alguno. Miró a su esposo, prosiguió en tomar al bebe en su regazo y este comenzó a llorar, tenía hambre.

Lucia por medio del instinto maternal descubrió uno de sus hermosos, delicados y deliciosos redondos pechos para darle la vid al neonato, de cierta manera Dios la había bendecido, eran sumamente celestiales con el pezón y la areola grandes de marrón pálido, perfectos para amamantar. El rostro del bebe era rozagante, nada similar a la imagen que David creyó ver anteriormente. Entonces se sintió extraño, forjando una idea en su delicada abstracción mental; ese no era su hijo, el infante había sido tocado por la muerte. Este ángel pertenecía a otros padres o viene de otro mundo, es un impostor.

Encofró esta ilusión tan sólo ocho meses. David ofreció todos los detalles acerca del rechazo hacia su hijo. Durante los ocho meses la relación entre la pareja fue brillante no obstante con el bebe, la cosa fue distinta. Ella muy atenta como toda buena madre y devota esposa, él un ejemplo de esposo pero como si el niño apenas existiese. No lo tocaba, de vez en cuando lo veía con ternura, sólo algunos instantes de ser envuelto por las tinieblas y recuperar la máscara del más allá, David explotaba en alaridos de pánico.

"El 2 de agosto de ese mismo año, hice mi mayor esfuerzo por adaptarme al pequeñito. Lo puedo jurar ante la suprema corte celestial Dr. Morfeo. Yo sabía quién era. Vera un domingo, mi esposa, Lucia salió a buscar ciertos vivieres. Me dejó cuidando al impostor, se veía tan inocente como apunto de querer caminar, dando balbuceos. Aunque muy ágil, pudo hablar en ese momento. Me contó de donde vino y que hizo con el otro, es decir mi verdadero bebe. Se burló de mi por cada minuto, hasta corrió por un instante, fue asombroso y aterrador. Lo dejé en el mueble donde nos había dejado Lucia y yo quise ir a la cocina a tomar un vaso con agua. Ulteriormente, disculpe, no recuerdo con exactitud pero fueron como dos jarras de agua, necesitaba quitarme un sabor amargo que estuvo tratando de ahogarme. Caí al suelo por las manos que siempre me ataban en la cama. Y ahí yacía a mi lado, vi los huesudos y mortíferos pies de la muerte Dr. Morfeo. Alcé la vista mientras me temblaba la mandíbula, toda mi cara perlada en sudor, respiraba agotadoramente, muy rápido, demasiado rápido, sí, rápido. En las ingratas manos cargaba al impostor, él mofándose de mí aún. La muerte levantó lo arrastrado de su capa como musa en plena danza y entre las piernas contenía el esquelético bulto de mi verdadero hijo. La ira se apoderó de mí, ella, la muerte retrocedió al sillón donde dejó al impostor con su lengua fuera lanzando improperios. Abrí una de las gavetas con mano temblorosa en temor y firme en furia, di pasos en su dirección. Al retornar Lucia, me encontró al borde de la puerta tiritando mirando al vacío. Ella se acercó al sofá, su garganta vibró desgarrando su voz…me dirigió la vista con el pecho agitado, observando mis manos bañadas con la sangre del impostor".

FIN

QUIERO TENER UN HIJO

Hace meses que ni Gabriela (mi esposa) y yo no recordamos el significado de una comida decente. Aquí en esta ciudad de nombre desdeñado se ha pues de manifiesto la pura y virtuosa realidad del asunto económico y social por no dejar escapar el hecho de nuestro poco raciocinio para evidenciar que desde el inicio de los tiempos negruzcos, embotados en mentiras y desolación, nuestra mísera sensibilidad la cual nos permitió en momentos más simples poder estar en comunicación íntima con Dios se ha desvanecido. Orar se hacía fácil y la fe emanaba placida desde el interior del corazón. Ahora, las calles no dan señales del pasado, incluso la mente del pueblo cuyo alcance es vago tiende a olvidar con virtuosismo. Somos seres inanimados capaces de respirar, sentir y amar pero hemos desarrollado una memoria absolutamente corta. Sin embargo, Gabriela puede recordar como pintar, afortunada ella que es capaz de llevar este arte acuestas. Yo por mi parte soy un músico común y corriente, quiero decir, soy un vulgar efímero sumergido en mis fantasías patosas fervientes y las cuales me llevan a afrontar la realidad en la mayoría de los engendros melómanos; somos unos pobres diablos destinados a morirnos de hambre, felices de espíritu, pero muertos de hambre. No obstante, todo esto que recuerdo y voy a relatar es gracias a las anotaciones que he dejado en las paredes de nuestra casa.

Gabriela siempre ha sido y seguirá siendo la mujer más esplendida en la faz de este fangoso mundo, corrección; paraíso. Seguramente el propio Adán ha de envidiarme en tener una mujer más devota que su Eva (mi Gabi). Sus delicadas y finas manos delineaban objetos compuestos por más vida que la de nuestros cuerpos. Evocó un día donde sus hilos candorosos color azabache se deslizaban en un vaivén mientras tanto lo aterciopelado del rostro cremoso y marcado con tentadores e infernales labios bastante carnosos de lumbreras similares a las cataratas mortíferas de su delgada calota. Procuró usar un vestido escarlata bien ajustado ya que lo escuchimizado ha gobernado sobre su figura desde que tengo memoria (lo corto de reminiscencia que he podido mantener de tres días). No obstante, los pechos jugosos bien definidos y benditos por mano del Supremo hasta de buenas proporciones en las piernas, algo conformadas de un aspecto gambeto y de pies semi-varo. De tamaño en estilo romano, unos piecitos con dedos perfectamente alineados. Me fascinaba como le lucía el atavío no por recordarme a la Gran Ramera, no, más bien para avivar las largas e infinitas horas cuando podíamos retorcernos en ese constante volcán donde los cuerpos mueren y renacen por medio de coros angelicales que te restituyen el espíritu para repetir cuantas veces se desee saborear a la muerte en el entrecruce de corazones para acompasar los ritmos y sonidos concupiscentes provenientes del esfuerzo vocal de nuestros gemidos.

Gabi pasaba sus horas realizando diferentes tipos de arte visual: Cuadros esplendorosos nos hacían endulzar cada parte de la lengua. Magníficos movimientos ejecutaba para llevarlos a cabo. El genio de Gabriela se inclinó para desvirtuar al viento, volverlo platos de comida, frutas, guisos, sopas, preparaciones variadas del estilo italiano. Postres exuberantes proporcionales a la manera de amar del alma piadosa de Gabi.

Al concluir cada trabajo lo desmontaba. Siempre ha sido necesario esperar un rato durante el descenso de los hijos del Sol para apergaminarlos y luego la mejor parte: Sacar los platos, cubiertos, servir unos vasos con agua, si corría con mejor fortuna mendigando mientras tocaba una que otra pieza en mi plaza favorita, con mi fiel amigo (un violín), podíamos acompañar la velada con algún vino tinto que pudiese rotar el mundo en nuestros ojos. Gabriela salía y recogía el cuadro como un ser aterrorizado por la luz, y lo dividía para poder disfrutar de alimentos emprendidos con amor.

Todo lo anterior ocurrió el martes; y hoy es viernes. Sufro del fenómeno de Garffield: Detesto los lunes así que no tengo ni la mera intención en querer recordar (leer) ese día.

Hoy Gabriela y sus pechos hermosos estuvieron caracoleando encima de mi rostro. Tengo muchos días sin verme al espejo debo estar bastante gualdrapero.

¡Toc, toc, toc…!

Se escuchó el sonido de la puerta y seguramente debe ser Miguel, el vecino. Otra vez debió espiarnos por la ventana, siempre se nos olvida mover las cortinas. Cogí con rapidez un pantalón color azul rey y salí para ver que se le ofrecía. No me permitió abrir bien la puerta cuando balbuceó.

— Oscar…Oscar. Lo logré. He conseguido carne, comida de verdad.

— ¿Cómo lo has logrado? — pregunté, detallando un poco la enjuta y barbuda cara de Miguel. Llevaba puesto un sombrero gris tipo media boina. Una camisa manga larga de rayas azules con blanco y manchas amarillentas. En medio relucía un borde espeso, húmedo y esparcido con bordes difusos de color carmesí.

>> Eso es sangre. ¿Perro, sarihuella, rata?

— No, Oscar.

— ¡Oh! Es de mejor calidad déjame pensar.

— Humana — musitó Oscar.

—…Disculpa… ¿Qué?

— Es sangre humana.

Me quede callado por unos minutos entre tanto detallaba sus frenéticos ojos color miel, sus pies desnudos se estremecían por el frío de la tierra.

— Ven, pasa — le dije haciendo ademan de permitirle la entrada — Sera mejor que reposes un instante — Lo senté en uno de los sillones negros de la sala y me quedé de pie mirándolo.

>> Y bien, ¿A quién le pertenecía?

— La memoria en tus paredes te ha afectado viejo amigo. Te había dicho no menos de una semana que estuve meditando en la manera de cómo darle paz a mi vecino, el Sr. Vladimiro — dijo sin ningún signo de remordimiento o locura en su rostro.

— Ahora que lo mencionas. Tengo ciertas sombras donde puedo escuchar esas palabras.

— ¡Excelente! — Exclamó levantándose de un brinco y sonriendo de admiración — El hombre estaba podando su jardín cuando me decidí. Tomé el cuchillo más prominente de la cocina, salí sin propinar gritos y salté encima de él encajándoselo por todo su voluptuoso cuello. Debiste ver como los chorros de sangre salpicaban el verdor y cómo puedes notar cierto rastro cayó encima de mi camisa preferida — se miró la prenda con cierta tristeza.

>> Tú y Gabriela están cordialmente invitados para la parrillada. Sera muy discreto. No quiero alterar al resto de los vecinos y tengamos que construir un panteón o una carnicería, ¡Ja, ja, ja!

>> Buenos días Gabriela. Ya le dije a Oscar sobre la comilona, estaremos salvados por el momento — dijo saludando a mi esposa y saliendo de la habitación con gesto agradable.

Efectivamente fuimos al encuentro. El humo nos refrescó las ganas precoces por devorar la suculenta carne del Sr. Vladimiro. Le ahorré la culpa a Gabi para que no tuviese razón de tener pesadillas por tal atrocidad. Quedamos complacidos y salvados, era lo primordial. Lástima que, duraría poco tiempo y lo más predecible de la vida es lo constante de actuar en la misma manera creyendo obtener resultados dispares. Regresamos a nuestros platos de menucia entelequia, procedíamos a seguir llevando la vida siendo la lucha. No fuimos los únicos capaces de cometer aquel acto. Los vecinos habían desaparecido y Miguel nos mantuvo al corriente hasta que le llegó su hora un domingo por la noche (tres meses después de haberse convertido en el asesino de su vecino).

Ese mismo domingo, pero por la mañana no tuvo otro momento más ideal que el de volver a interrumpir los cantos de Gabriela. Resulta y acontece que los vecinos de seis casas de la nuestra habían asado a su hijo mayor. Intercambiamos miradas de consternación y horror. La infamia más grande del año.

Por la tarde, Gabriela y yo habíamos estado pasando el rato en varios vaivenes porque ella quiso llevar puesto el vestido escarlata por todo el día. Entonces no me quedo de otra que mínimo sentir la suavidad de sus lampiñas piernas y nalgas al descubierto de los rincones. Miguel volvió y me nacieron las ganas de matarlo.

— ¡Los Pirela, han enloquecido, Oscar! Los Pirela se comieron a su hija. Yo los vi cuando le brincaron encima y una almohada acabó con su agonía. La guisaron.

No dije nada y cerré la puerta lastimándole su nariz puntiaguda con aspecto de águila.

Al llegar el ocaso de Apolo, Gaby pintaba una suculenta y exquisita manzana roja. Iba a ser el desayuno, pero sería mejor dejarla secar adentro no vaya a ser que a los vecinos les dé por comernos. En ese momento recuerdo a mi esposa estando con los senos al descubierto y puedo asegurarlo por el hecho de ver sus grandes areolas descoloridas y pezones erectos. Se aproximó y me bajo los pantalones azules de un tirón en medio de la cúspide, desproporcionando a la poltrona.

¡Toc, toc, toc! Miguel había vuelto.

Me fui al cuarto donde guardo mis herramientas, saqué una vara larga que terminaba en una cabeza de hierro sumamente oxidada. Abrí la puerta y dije.

— ¡Buena noche, Miguel! — en ese instante deslicé el hacha y le decoré la mitad del cráneo con ella.

No se volvió a ver más por la casa a Miguel.

Pasaron tres meses más. No podíamos contener a los engendros estomacales y entonces tuve una brillante idea.

— Gabi…mi amor. ¡Quiero tener un hijo!

Su semblante demacrado mudo de depresión a júbilo.

— Que buen ingenio Oscar. Un hijo. Y podremos largarnos de esta ciudad en ruinas.

— ¡No! – Dije — Vamos a hacer como Los Pirela.

— ¡Aaaaah! Ya recuerdo a Los Pirela. Bueno, está bien.

No tardó mucho Gabi en quedar encinta. A decir verdad ya llevaba un mes de estarlo. Transcurrieron seis meses y yo no aguantaba más la tortura. Así que necesitaba salir de la casa porque si no, le sacaba al bebe a Gabi estaba listo o no. Ella no cambio mucho se quedó depauperada. Los gloriosos pechos si tuvieron la fortuna de crecer un tantito. Yo me fui directo a la plaza a relucir a mi violín. En el retornó veo a Gabi a punto de clavarse un cuchillo quería sobrepasar el tiempo de formación.

— ¿Qué haces? — le pregunté.

— Ya no aguanto más, Oscar. Sácalo por favor.

— No Gabi, mi amor. Faltan tres meses. ¡Espera!

Soltó el cuchillo, se descubrió los pechos y me dio para que comiese del dulce mana proveniente de su ser.

Llegaron los nueve meses y el bebe no nacía. No podíamos ni mantenernos entretenidos en los vaivenes ni tocando música, ni ella pintando la comida. Los doce meses pasaron volando cual tiempo se funde en la coladera del futuro. El bebe seguía ahí dentro pero Gabi juraba que él o ella ya no debía estar sumergiéndose en su andorga.

— ¡Sácalo! ¡Vamos, ya es hora! No podemos esperar más. A duras penas está muerto o muerta — dijo ella dándome un cuchillo.

Yo había sido un presto cirujano antes de los tiempos negruzcos de las mentiras. Traté hasta alcanzar recordar los procedimientos adecuados y al tener a nuestro querido bebe mis lágrimas se esparcieron aclarando a mi razón. Lo tomé en mis manos y mis gritos debieron alcanzar los oídos remotos de los Mensajeros, mientras dando vuelta y vuelta sin detenerse en nuestro mundo, olvidándonos. Las manos me temblaban y por poco nuestro bebe casi se resbala, el pobrecito. Cuando Gabriela lo vio, quedo totalmente en shock, estaba petrificada extendiendo sus cortas y efímeras manos queriendo abrazar a su retoño. En ese momento la miré, me dirigí al cuarto de herramientas di vuelta y salí en la oscuridad directo al patio sin temor a los vecinos.

Ahora continuamos con nuestras vidas antes de haber tenido aquella idea descollante. Comemos lienzo pintado, tomamos vino, a uno que otro vecino y frotó las cuerdas de mi violín con su arco por las plazas, idénticos se ven como Gabriela y yo creando música por medio de nuestros cuerpos despojados del peso de las indumentarias. A partir de aquí puedo rememorar que, mi hijo o hija tenía un aspecto inusual. No era monstruoso, ¡No!, sin duda había sido normal.

Lo único discrepante con la naturaleza fue su falta de piel, de órganos o de un rostro angelical. No podía comerse debido a que, su cuerpecito se había momificado dentro del vientre de su mamá, no servía ni para preparar un salcocho.

FIN

Made in United States
Orlando, FL
03 February 2024